2007全国房地产经纪人执业资格考试名师辅导用书

房地产经纪概论
考试攻略

全国房地产经纪人执业资格考试研究组 编

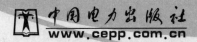

中国电力出版社
www.cepp.com.cn

本书由历年参加房地产经纪人资格考试考前辅导的专家编写,严格按照2007年考试大纲的要求,对教材的经典内容进行了总结,并针对重要考点和难点精选了大量的习题,进行了重点辅导。后附有2002~2006年全国房地产经纪人执业资格考试试卷,可供考生复习参考。

图书在版编目(CIP)数据

房地产经纪概论考试攻略/全国房地产经纪人执业资

格考试研究组编. —北京:中国电力出版社,2007

2007全国房地产经纪人执业资格考试名师辅导用书

ISBN 978 - 7 - 5083 - 5460 - 6

Ⅰ. 房… Ⅱ. 全… Ⅲ. 房地产业 - 经纪人 - 资格考核 - 中国 - 自学参考资料 Ⅳ. F299.233

中国版本图书馆 CIP 数据核字(2007)第 053933 号

中国电力出版社出版发行

北京三里河路 6 号　　100044　　http://www.cepp.com.cn

责任编辑:王晓蕾　梁瑶　责任印制:陈焊彬　责任校对:罗凤贤

北京市铁成印刷厂印刷·各地新华书店经售

2007 年 5 月第 1 版·第 1 次印刷

787mm×1092mm　　1/16·8.5 印张·211 千字

定价:19.80 元

前　言

　　房地产经纪人是房地产行业的一支新生力量。随着我国房地产行业的日益成熟，未来的房地产市场将逐步走向房地产交易市场占主体的市场。房地产经纪人的需求将会日益增加，房地产经纪人的社会地位也将日益受到社会的认可。参加并通过房地产经纪人执业资格考试是进入房地产经纪行业的一把金钥匙，也是成为房地产行业老板的一块敲门砖。但是，房地产经纪人执业资格考试的通过人数也在随着考题的变化而减少，让众多参考人员望而生畏。为了便于广大参考人员复习，我们根据 2007 年全新考试大纲和辅导教材，组织了历年参加房地产经纪人执业资格考试相关工作人员以及辅导教师对教材的经典内容进行了总结，并针对重要考点通过习题精选的方式给予了重点辅导，给出了复习的方向。这种编排便于参考人员在没有辅导老师的情况下也可以根据给出的重点内容以及习题精选犹如师临其境，更好地提高复习效果和顺利通过考试，取得房地产经纪人资格。

编　者

目　　录

第一部分　要点精讲及仿真练习题

▶▶ 第一章

房 地 产 经 纪 概 述

一、经纪的概念

经纪作为一种社会经济活动，即经纪活动，是社会经济活动中的一种中介服务行为，具体是指为促成各种市场交易而从事的居间、代理及行纪等的有偿服务活动。在中国，房地产经纪人员从事房地产经纪活动必须以房地产经纪机构为载体。

经纪作为一种社会中介服务活动，主要有下列 5 个特点：① 活动范围的广泛性。② 活动内容的服务性。在经纪活动中，经纪主体只提供服务，不直接从事经营。经纪机构对其所中介的商品没有所有权、抵押权和使用权，不存在买卖行为。经纪机构的自营买卖不属于经纪行为。③ 活动地位的居间性。在经纪活动中发生委托行为的必要前提，是存在着可能实现委托人目的的第三主体，即委托人目标的承受人。而经纪服务的行为人，只是为委托人与承受人所进行的事项发挥居间撮合、协助的作用。接受不存在第三主体的委托事项，不属于经纪服务。④ 活动目的的有偿性。⑤ 活动责任的确定性。

一般而言，经纪活动最主要的方式为居间、代理及行纪。居间是指经纪机构向委托人报告订立合同的机会或者提供订立合同的媒介服务，撮合交易成功并从委托人取得报酬的商业行为。这是经纪行为中广泛采用的一种基本形式。其特点是服务对象广泛，经纪人员与委托人之间一般没有长期固定的合作关系。代理是指经纪机构在受托权限内，以委托人名义与第三方进行交易，并由委托人直接承担相应法律责任的商业行为。经纪活动中的代理，属于一种狭义的商业代理活动。其特点是经纪机构与委托人之间有较长期稳定的合作关系，经纪人员只能以委托人的名义开展活动，活动中产生的权利和责任归委托人，经纪人员只收取委托人的佣金。行纪是指经纪机构受委托人的委托，以自己的名义与第三方进行交易，并承担规定的法律责任的商业行为。行纪与代理的区别有两点：一是经委托人同意，或双方事先约定，经纪机构可以以低于（或高于）委托人指定的价格买进（或卖出），并因此而增加报酬；二是除非委托人不同意，对具有市场定价的商品，经纪机构自己可以作为买受人或出卖人。从形式上看，行纪与自营很相似，但是除经纪机构自己买受委托物的情况外，大多数情况下经纪机构都并未取得交易商品的所有权，他是依据委托人的委托而进行活动。从事行纪活动的经纪人员拥有的权利较大，承担的责任也较重。在通常情况下，经纪机构与委托人之间有长期固定的合作关系。

佣金是经纪收入的基本来源，其性质是劳动收入、经营收入和风险收入的综合体。佣金可分为法定佣金和自由佣金。法定佣金是指经纪机构从事特定经纪业务时按照国家对特定经纪业务规定的佣金标准获取的佣金。法定佣金具有强制效力，当事人各方都必须接受，不得高于或低于法定佣金。自由佣金是指经纪机构与委托人协商确定的佣金，自由佣金一经确定并写入合同后也具有同样的法律效力，违约者必须承担违约责任。

▶ 习题精选

1. 房地产经纪活动的特点有（　　）。

A. 活动范围的广泛性　　　　　　　　B. 活动内容的服务性

C. 活动地位的居间性　　　　　　　　D. 活动目的的有偿性

E. 活动走向的不确定性

【答案】ABCD

2. 经纪活动是指为促成各种市场交易而从事的（　　）等的有偿服务活动。

A. 咨询　　　　　　B. 居间　　　　　　C. 代理

D. 行纪　　　　　　E. 广告

【答案】BCD

3. 在中国，房地产经纪人员从事房地产经纪活动必须以（　　）为载体。

A. 房地产中介机构　　　　　　　　　　B. 房地产经纪机构

C. 房地产咨询机构　　　　　　　　　　D. 房地产估价机构

【答案】B

4. 以下关于经纪活动的说法中，正确的有（　　）。

A. 房地产经纪机构接受房地产销售委托后，对委托销售的房地产没有所有权，但拥有抵押权和使用权

B. 房地产经纪人有权独立向享受服务的委托人收取佣金和馈赠

C. 佣金是房地产经纪机构应得的合法收入

D. 在房地产经纪活动中，经纪机构所提供的服务不仅具有一定的使用价值，而且具有交换价值

E. 房地产经纪机构以自己的名义购买住房的行为，不属于经纪行为

【答案】CDE

5. 一般而言经纪活动最主要的方式有（　　）。

A. 抵押　　　　　　B. 租赁　　　　　　C. 居间　　　　　　D. 代理

E. 行纪

【答案】CDE

6. 某房地产经纪机构接受房地产开发公司的委托，以该开发公司的名义销售开发的商品房，这种行为属于（　　）。

A. 代销　　　　　　B. 居间　　　　　　C. 行纪　　　　　　D. 代理

【答案】D

7. 某房地产经纪机构接受房屋产权人的委托，为其提供购房人的信息，交易成功收取佣金，这种行为属于（　　）。

A. 代销　　　　　　B. 居间　　　　　　C. 行纪　　　　　　D. 代理

【答案】B

8. 某房地产经纪机构接受房屋产权人委托转让房屋，确定了房屋价格为 45 万元，委托人授予该机构可以自行确定最终售价以经纪机构名义签订转让合同，该行为属于（　　）。

A. 居间　　　　　　B. 代理　　　　　　C. 行纪　　　　　　D. 代销

【答案】C

9. 佣金是经纪收入的基本来源，其性质是（　　）的综合体。

A. 劳动收入　　　B. 信息费　　　C. 经营收入　　　D. 风险收入

E. 回扣

【答案】ACD

10. 经纪机构从事特定经纪业务时按照国家对特定经纪业务规定的佣金标准获取的佣金为（　　）。

A. 法定佣金　　　B. 经济佣金　　　C. 自有佣金　　　D. 强制佣金

【答案】A

二、经纪的起源

在中国古代，从事经纪活动的人叫牙人，又叫牙郎、牙侩、牙子。最早见诸文字记载的中国古代经纪人员是西汉的"驵会"，又叫"驵侩"。《资治通鉴》注解说："牙郎，驵侩也。南北物价定于其口，而后相与贸易。"明确指出了牙郎与早期的驵侩相似，是贸易的中介。中国古代经纪人员的行业组织最早可以追溯到唐代。唐代的行业至少有 120 种以上，新兴行业有东坊、邸店等。邸店是安寓客商、代客寄存货物、为客商提供洽谈交易条件的堆栈。经营者即店主人，往往就是牙人。可以说，邸店实际上就是牙行的雏形。

▶ **习题精选**

1. 最早见诸文字记载的中国古代经纪人员是西汉的（　　）。

A. 牙人　　　　　　B. 牙郎　　　　　　C. 牙侩　　　　　　D. 驵侩

【答案】D

2. 中国古代经纪人员的行业组织最早可以追溯到（　　）。

A. 隋　　　　　　B. 唐　　　　　　C. 宋　　　　　　D. 元

【答案】B

3. 邸店是（　　）的堆栈。

A. 安寓客商　　　　　　　　　B. 代客寄存货物

C. 为客商提供洽谈交易条件　　　D. 代买货物

E. 代卖货物

【答案】ABC

三、房地产经纪的内涵和必要性

（一）房地产经纪的内涵

房地产经纪是指以收取佣金为目的，为促成他人房地产交易而从事居间、代理等活动的经营行为。在上述定义中，应把握三个核心概念：

（1）居间，是指向委托人报告订立房地产交易合同的机会或者提供订立房地产交易合同的媒介服务，并收取委托人佣金的行为。

（2）代理，是指以委托人的名义，在授权范围内，为促成委托人与第三方进行房地产交易而提供服务，并收取委托人佣金的行为。

（3）佣金，是指房地产经纪机构完成受委托事项后，由委托人向其支付的报酬。

（二）房地产经纪的特性

房地产经纪的服务性；房地产经纪的专业性；房地产经纪的地域性。

▶ **习题精选**

1. 服务所具有的本质的特点包括（　　）。

A. 生产和消费的同时性　　　　　　　　B. 不可储存性

C. 排他性　　　　　　　　　　　　　　D. 非实物性

E. 独占性

【答案】ABD

2. 城市房地产管理法中所称的房地产中介包括（　　）。

A. 房地产经纪　　B. 房地产估价　　C. 房地产信息服务　　D. 房地产咨询

E. 房地产事务代理

【答案】ABD

3. 在房地产业中，最不具备服务业性质的是（　　）。

A. 房地产经纪　　　　　　　　　　　　B. 房地产价格评估

C. 房地产咨询　　　　　　　　　　　　D. 房地产开发

【答案】D

4. 依据中国产业结构的总体分类，房地产业属于第（　　）产业。

A. 一　　　　　　　B. 二　　　　　　　C. 三　　　　　　　D. 二、三

【答案】B

5. 房地产经纪人必须把握的房地产交易中的最敏感、最关键的因素是（　　）。

A. 房地产价格　　　　　　　　　　　　B. 房地产金融知识

C. 房地产法规　　　　　　　　　　　　D. 社会情感因素

【答案】A

6. 房地产经纪人必须洞悉、把握的因素包括（　　）。

A. 房地产价格　　B. 房地产金融知识　　C. 房地产法规

D. 社会情感因素　　E. 房地产开发知识

【答案】ABCD

7. 房地产经纪人员必须了解地方性房地产政策，才能适应不同地区房地产经纪活动的要求，是由房地产经纪的（　　）决定的。

A. 服务性　　　　　B. 专业性　　　　　C. 地域性　　　　　D. 复杂性

【答案】C

第二章

房 地 产 经 纪 人 员

一、房地产经纪人员的职业资格

（一）房地产经纪人员的职业资格的种类

根据可从事的房地产经纪业务范围的不同，房地产经纪人员职业资格分为房地产经纪人执业资格和房地产经纪人协理从业资格两种。《中华人民共和国房地产经纪人执业资格证书》和《中华人民共和国房地产经纪人协理从业资格证书》是房地产经纪人职业资格的证明文件，未经合法取得《中华人民共和国房地产经纪人执业资格证书》和《中华人民共和国房地产经纪人协理从业资格证书》的，不得从事房地产经纪业务。取得房地产经纪人执业资格是进入房地产经纪活动关键岗位和发起设立房地产经纪机构的必备条件。取得房地产经纪人协理从业资格，是从事房地产经纪活动的基本条件。

▶ 习题精选

1. 房地产经纪人员职业资格包括（　　）。

A. 房地产经纪人从业资格

B. 房地产经纪人协理职业资格

C. 房地产经纪人执业资格

D. 房地产经纪人协理执业资格

E. 房地产经纪人协理从业资格

【答案】CE

2. 从事房地产经纪活动的基本条件是取得（　　）。

A. 房地产经纪人执业资格

B. 房地产经纪人注册证

C. 房地产经纪人协理职业资格

D. 房地产经纪人协理从业资格

【答案】D

3. 房地产经纪人的从业范围为（　　）。

A. 全国

B. 全省（直辖市市、自治区）

C. 市

D. 县

【答案】A

（二）房地产经纪人员职业资格考试

凡中华人民共和国公民，遵守国家法律、法规，具有高中以上学历，愿意从事房地产经纪活动的人员，均可申请参加房地产经纪人协理从业资格考试。

凡中华人民共和国公民，遵守国家法律、法规，已取得房地产经纪人协理资格并具备以下条件之一者，可以申请参加房地产经纪人执业资格考试：取得大专学历，工作满6年，其中从事房地产经纪业务工作满3年；取得大学本科学历，工作满4年，其中从事房地产经纪业务工作满2年；取得双学士学位或研究生班毕业，工作满3年，其中从事房地产经纪业务工作满 2 年；取得硕士学位，工作满 2 年，从事房地产经纪业务工作满 1 年；取得博士学位，从事房地产经纪业务工作满 1 年。

房地产经纪人执业资格实行全国统一大纲、统一命题、统一组织的考试制度，由人事部、建设部共同组织实施。原则上每年举行一次。经房地产经纪人执业资格考试合格的，由各省、自治区、直辖市人事部门颁发人事部统一印制，人事部、建设部用印的《中华人民共和国房地产经纪人执业资格证书》。该证书全国范围有效。

▶ **习题精选**

1. 可申请参加房地产经纪人协理从业资格考试的最低学历要求是（　　）。

A. 初中 　　　　B. 高中 　　　　C. 大专 　　　　D. 本科

【答案】B

2. 取得大学本科学历，申请参加房地产经纪人执业资格考试，需要从事房地产经纪业务工作满（　　）年。

A. 2 　　　　B. 3 　　　　C. 4 　　　　D. 5

【答案】A

3. 取得大专学历，申请参加房地产经纪人执业资格考试，需要工作满（　　）年。

A. 3 　　　　B. 4 　　　　C. 5 　　　　D. 6

【答案】D

4. 经房地产经纪人执业资格考试合格的，由（　　）颁发人事部统一印制，人事部、建设部用印的《中华人民共和国房地产经纪人执业资格证书》。

A. 各省、自治区、直辖市人事部门 　　　　B. 各省、自治区、直辖市房地产管理部门

C. 人事部 　　　　D. 人事部和建设部

【答案】A

5.《中华人民共和国房地产经纪人执业资格证书》由（　　）用印。

A. 建设部 　　　　B. 劳动部 　　　　C. 人事部 　　　　D. 人事部和建设部

【答案】D

6. 全国房地产经纪人执业资格考试制度实行的是（　　）。

A. 统一大纲 　　　　B. 统一命题 　　　　C. 统一组织 　　　　D. 统一注册

E. 统一发证

【答案】ABC

7.《中华人民共和国房地产经纪人执业资格证书》的有效范围是（　　）。

A. 持有者所在城市 　　　　B. 持有者所在省、市、自治区

C. 持有者所在行业 　　　　D. 全国范围

【答案】D

8. 组织全国房地产经纪人执业资格考试的部门是（　　）。

A. 教育部 　　　　B. 劳动部 　　　　C. 人事部 　　　　D. 建设部

E. 工商行政总局

【答案】CD

（三）房地产经纪人员职业资格注册

取得《中华人民共和国房地产经纪人执业资格证书》或者《中华人民共和国房地产经纪人协理从业资格证书》的人员，可以通过所在房地产经纪机构申请房地产经纪人员职业资格注册。房地产经纪人执业资格的注册，由国务院建设行政主管部门或者其委托的机构负责。房地产经纪人执业资格注册申请经各省、自治区、直辖市房地产管理部门初审合格后，统一报国务院建设行政主管部门注册登记。经公示无异议或者异议不成立的，由国务院建设行政主管部门核发《中华人民共和国房地产经纪人注册证》。经注册登记后，可以在房地产经纪机构中组织房地产经纪人协理或独立执行经纪业务。房地产经纪人可以在全国范围内申请执业。省、自治区人民政府建设行政主管部门、直辖市人民政府房地产行政主管部门负责房地产经纪人协理从业资格注册，并制定相应的具体管理办法。

申请注册必须明确执业所在的房地产经纪机构，房地产经纪人员只能在一个房地产经纪机构执业，不得同时在2个或2个以上房地产经纪机构执业。

申请房地产经纪人员职业资格注册的人员，必须同时具备下列条件：遵纪守法，遵守注册房地产经纪人职业道德；取得《中华人民共和国房地产经纪人执业资格证书》或者《中华人民共和国房地产经纪人协理从业资格证书》，证件自核发之日起超过3年的，应附达到继续教育标准的证明材料；经所在房地产经纪机构同意；无不予注册情形。

有下列情形之一的，不予注册：不具有完全民事行为能力的；受刑事处罚，自刑罚执行完毕之日起至申请之日止不满5年的；在房地产经纪或相关业务活动中被暂停注册，暂停注册期间未满的；被注销房地产经纪人员注册证书的，自注销决定作出之日起不满3年的；所在房地产经纪机构未通过备案或者年检不合格的；有关法律、法规规定不予注册的其他情形。

房地产经纪人执业资格注册的有效期为3年，自核准注册之日起计算。注册有效期满，需要继续执业的，应于期满前3个月，到原注册管理机构办理再次注册手续。再次注册的，除了应提供初次注册时应提供的证明外，还须提供接受继续教育和参加业务培训的证明。在注册有效期内，变更执业机构者，应当及时办理变更手续。

房地产经纪人调离所在房地产经纪机构的，由所在房地产经纪机构负责收回《中华人民共和国房地产经纪人注册证》，并在解聘后30日内交回国务院建设行政主管部门注销。房地产经纪人调离原注册时所在经纪机构后，被其他房地产经纪机构聘用的，需重新办理执业资格注册手续。

▶ **习题精选**

1. 负责房地产经纪人执业资格注册的机构是（　　）及其委托的机构。

A. 国家人事部

B. 国务院建设行政主管部门

C. 省（直辖市、自治区）人事行政主管部门

D. 省（直辖市、自治区）建设行政主管部门

【答案】B

2. 房地产经纪人执业资格注册申请的初审部门是（　　）。

A. 省（直辖市、自治区）房地产管理部门

B. 省（直辖市、自治区）建设管理部门

C. 省（直辖市、自治区）人事管理部门

D. 省（直辖市、自治区）土地管理部门

【答案】A

3. 房地产经纪人不得（　　　）。

A. 同时在 2 个或 2 个以上房地产经纪机构执业

B. 在 2 个或 2 个以上房地产经纪机构执业

C. 在 3 个或 3 个以上房地产经纪机构执业

D. 先后在 2 个或 2 个以上房地产经纪机构执业

【答案】A

4. 负责房地产经纪人执业资格注册的部门是国务院（　　　）行政主管部门或者其委托的机构或部门。

A. 建设　　　　　　B. 规划　　　　　　C. 工商　　　　　　D. 土地

【答案】A

5. 房地产经纪人调离房地产经纪机构，负责收回《中华人民共和国房地产经纪人注册证》的是（　　　）。

A. 房地产经纪机构　　　　　　　　　B. 县市房地产行政管理部门

C. 省级建设管理部门　　　　　　　　D. 国务院建设管理部门

【答案】A

6. 取得《中华人民共和国房地产经纪人执业资格证书》，证件自核发之日起超过（　　　）年的，申请注册应附达到继续教育标准的证明材料。

A. 1　　　　　　　B. 2　　　　　　　C. 3　　　　　　　D. 4

【答案】C

7. 被注销房地产经纪人员注册证书的，自注销决定作出之日起不满（　　　）年的，不予注册。

A. 1　　　　　　　B. 2　　　　　　　C. 3　　　　　　　D. 4

【答案】C

8. 房地产经纪人执业资格注册的有效期为 3 年，自（　　　）之日起计算。

A. 核准注册

B. 申请注册

C. 收到注册申请

D. 取得《中华人民共和国房地产经纪人注册证》

【答案】A

9. 房地产经纪人执业资格注册的有效期为（　　　）年。

A. 2　　　　　　　B. 3　　　　　　　C. 4　　　　　　　D. 5

【答案】B

10. 房地产经纪人调离所在房地产经纪机构的，由所在房地产经纪机构负责收回《中华人民共和国房地产经纪人注册证》，并在解聘后（　　　）日内交回国务院建设行政主管部门注销。

A. 15　　　　　　　B. 30　　　　　　　C. 45　　　　　　　D. 60

【答案】B

11. 以下关于房地产经纪人注册的说法中，正确的有（   ）。

A. 房地产经纪人执业资格注册的有效期为 3 年，自申请注册之日起计算

B. 房地产经纪人注册期满，需要继续执业的，应当于期满前 3 个月到原注册管理机构办理再次注册手续

C. 房地产经纪人调离所在房地产经纪机构，由原房地产经纪机构负责收回《中华人民共和国房地产经纪人执业资格证书》

D. 房地产经纪人调离原注册时所在经纪机构后，被其他房地产经纪机构聘用的，需重新办理执业资格注册手续

E. 申请注册必须明确执业所在的房地产经纪机构，房地产经纪人员只能在一个房地产经纪机构执业

【答案】BDE

（四）房地产经纪人员的权利与义务

房地产经纪人享有以下权利：依法发起设立房地产经纪机构；加入房地产经纪机构，承担房地产经纪机构关键岗位；指导房地产经纪人协理进行各种经纪业务；经所在机构授权订立房地产经纪合同等重要文件；要求委托人提供与交易有关的资料；有权拒绝执行委托人发出的违法指令；执行房地产经纪业务并获得合理报酬。

房地产经纪人协理享有以下权利：房地产经纪人协理有权加入房地产经纪机构；协助房地产经纪人处理经纪有关事务并获得合理的报酬。

房地产经纪人、房地产经纪人协理应当履行以下义务：遵守法律、法规、行业管理规定和职业道德；不得同时受聘于 2 个或 2 个以上房地产经纪机构执行业务；向委托人披露相关信息，充分保障委托人的权益，完成委托业务；为委托人保守商业秘密；接受国务院建设行政主管部门和当地地方政府房地产行政主管部门的监督检查；接受职业继续教育，不断提高业务水平。

▶ 习题精选

1. 以下属于房地产经纪人协理的权利的是（   ）。

A. 依法设立房地产经纪机构

B. 有权加入房地产经纪机构

C. 执行房地产经纪业务并获得合理报酬

D. 经所在机构授权订立房地产经纪合同等重要文件

【答案】B

2. 房地产经纪人应当履行的义务包括（   ）。

A. 为委托人保守商业秘密

B. 接受职业继续教育

C. 至少受聘于 2 个房地产经纪机构执行业务

D. 接受地方政府房地产行政主管部门的监督

E. 向委托人披露相关信息，充分保障委托人的权益，完成委托业务

【答案】ABDE

二、房地产经纪人员的职业道德

（一）道德和职业道德

现在通常所说的道德，是指人们在社会生活实践中所形成的关于善恶、是非的观念、情感和行为习惯，并依靠社会舆论和良心指导的人格完善与调节人与人、人与自然关系的规范体系。道德包括客观和主观两个方面。客观方面指一定的社会对社会成员的要求，表现为道德关系、道德理想、道德标准、道德规范等；主观方面指人们的道德实践，包括道德意识、道德信念、道德判断、道德行为和道德品质等。道德是一种社会意识，属于上层建筑的范畴。它受社会存在——经济基础的影响，但又具有相对独立性，并能反作用于经济基础。道德起源于原始社会。但道德作为一种独立的社会意识形态，则是到了奴隶社会才形成的。

职业道德是指人们在从事各种职业活动的过程中应该遵循的思想、行为准则和规范，在性质上具有专业性，在内容上具有一定的稳定性、连续性。

（二）房地产经纪职业道德

房地产经纪职业道德是指房地产经纪行业的道德规范，它是房地产经纪行业从业人员就这一职业活动所共同认可并拥有的思想观念、情感和行为习惯的总和。

就思想观念而言，它包括对涉及房地产经纪活动的一些基本问题的是非、善恶的根本认识，这种认识是指在房地产经纪人员思想观念中所形成的一种内在意识。从内容上讲，主要涉及三个方面：职业良心、职业责任感和执业理念。职业良心涉及对执业活动的"守法"、"诚实"、"守信"等执业原则、经纪人员收入来源、经纪服务收费依据和标准等一些重大问题的认识。职业责任感涉及房地产经纪人员对自身责任及应尽义务的认识。执业理念主要指对市场竞争、同行合作等问题的认识和看法。

房地产经纪职业道德的情感层面涉及房地产经纪人员的职业荣誉感、成就感及在执业活动中的心理习惯等，如对房地产经纪行业作用与地位的认识，在与客户及同行交往过程中的心理惯势等。

行为习惯是最能显化职业道德状况的层面。房地产经纪职业道德在行为习惯方面包括房地产经纪人员遵守有关法律、法规和行业规则以及在执业过程中仪表、言谈、举止等方面的修养。

（三）房地产经纪人员职业道德的基本要求

房地产经纪人员职业道德的基本要求主要体现在职业良心、职业责任感和执业理念三个方面。根据中国房地产经纪行业当前的实际情况，目前房地产经纪人员在职业道德方面应符合以下基本要求：守法经营；以"诚"为本；恪守信用；尽职守责；公平竞争，团结合作。

▶ **习题精选**

1. 现在通常所说的道德的客观方面表现为（　　　）。

A. 道德关系　　　　B. 道德信念　　　　C. 道德标准　　　　D. 道德行为

E. 道德规范

【答案】ACE

2. 我们所说的道德的主观方面表现为（　　　）。

A. 道德意识　　　　B. 道德信念　　　　C. 道德标准　　　　D. 道德行为

E. 道德判断

【答案】ABDE

3. 职业道德在性质上具有（　　　　）。

A. 专业性　　　　　B. 稳定性　　　　　C. 连续性　　　　　D. 地域性

【答案】A

4. 以下房地产经纪人职业道德内容中，属于情感方面的是（　　　　）。

A. 房地产经纪人员遵守有关法律、法规和行业规则

B. 在执业过程中仪表、言谈、举止等方面的修养

C. 对市场竞争、同行合作等问题的认识和看法

D. 房地产经纪人在与客户交往中形成的惯事

【答案】D

5. 房地产经纪人员职业道德的基本要求主要体现在（　　　　）。

A. 职业良心　　　　B. 职业责任感　　　　C. 执业理念

D. 执业业绩　　　　E. 执业水平

【答案】ABC

6. 以下房地产经纪人的行为中，属于违背以"诚"为本的基本要求的是（　　　　）。

A. 诋毁同行　　　　　　　　　　B. 收取佣金以外的收入

C. 泄漏客户商业秘密　　　　　　D. 迎合客户

E. 无证经营

【答案】BD

7. 房地产经纪机构恶意消价，违背了房地产经纪职业道德的（　　　　）基本要求。

A. 以"诚"为本　　　　　　　　B. 恪守信用

C. 尽职守责　　　　　　　　　　D. 公平竞争，团结合作

【答案】D

8. 房地产经纪人的职业良心涉及（　　　　）等重大问题的认识。

A. 市场竞争

B. 对执业过程中"守法"、"诚实"、"守信"等执业原则

C. 自身责任及应尽义务

D. 经纪人员收入来源

E. 经纪服务收费依据和标准

【答案】BDE

三、房地产经纪人员职业技能的构成

（一）收集信息的技能

信息是房地产经纪人开展经纪业务的重要资源，房地产经纪人只有具备良好的信息收集技能，才能源源不断地掌握大量真实、准确和系统的房地产经纪信息。

收集信息的技能包括：对日常得到的信息进行鉴别、分类、整理、储存和快速检索的能力；根据特定业务需要，准确把握信息收集的内容、重点、渠道，并灵活运用各种信息收集方法和渠道，快速有效地收集到针对性信息。

（二）市场分析的技能

市场分析技能是指经纪人根据所掌握的信息，采用一定的方法对其进行分析，进而对市

场供给、需求、价格的现状及变化趋势进行判断。对信息的分析方法包括：数学处理分析（根据已有的数据信息计算某些数据指标，如平均单价、收益倍数等）、比较分析（不同地区或不同类别房源的比较、同类房源在不同时间段上的比较等），因果关系分析等。对市场的判断包括定性的判断。市场分析技能也是房地产经纪人必须掌握的职业技能。

（三）人际沟通的技能

房地产经纪的服务性决定了房地产经纪人需要不断与人打交道，不仅要与各种类型的客户打交道，还要与客户的交易对家、有可能提供信息的人，以及银行、房地产交易中心、物业管理公司等机构的人员打交道。房地产经纪人员需要通过与这些人员的沟通，将自己的想法传达给对方，并对对方产生一定的影响，使对方在思想上认同自己的想法，并在行动上予以支持。

（四）供求搭配的技能

不论是居间经纪人，还是代理经纪人，都需要一手牵两家，其实质也就是要使供求双方在某一宗（或数宗）房源上达成一致。

（五）把握成交时机的技能

交易达成，是房地产经纪人劳动价值得以实现的基本前提，因此它是房地产经纪业务流程中关键的一环。房地产经纪人应能准确判断客户犹豫的真正原因和成交的条件是否成熟，如果成交条件已经成熟则能灵活采用有关方法来消除客户的疑虑，从而使交易达成。这就是把握成交时机的技能。

▶ 习题精选

1. 某客户新近迁移到该诚实，需要购买一套价格适宜、居住出行方便的住房，接受委托的房地产经纪人应该能够迅速收集有关该类住宅的（   ）。

A. 房源　　　　　B. 客源　　　　　C. 市场价格　　　　　D. 开发成本

E. 销售税费标准

【答案】AC

2. 对市场信息进行分析的方法主要有（   ）。

A. 数学处理分析　　　B. 比较分析　　　C. 因果关系分析

D. 财务分析　　　　　E. 费用效益分析

【答案】ABC

3. 房地产经纪人员应该具备的职业技能包括（   ）。

A. 收集信息的技能　　　　　　　　B. 市场分析的技能

C. 人际沟通的技能　　　　　　　　D. 供求搭配的技能

E. 把握佣金收取时机的技能

【答案】ABCD

4. 房地产经纪人劳动价值得以实现的基本前提是（   ）。

A. 拥有房源　　　　B. 拥有客源　　　　C. 交易达成　　　　D. 佣金获得

【答案】C

第三章

房 地 产 经 纪 机 构

一、房地产经纪机构的设立

（一）房地产经纪机构的内涵及基本类型

房地产经纪机构，是指符合执业条件，并依法设立，从事房地产经纪活动的公司、合伙机构、个人独资机构。境内外房地产经纪机构在境内外设立的分支机构也可以以自己的名义独立经营房地产经纪业务。

（1）房地产经纪公司是指依照《中华人民共和国公司法》和有关房地产经纪管理的部门规章，在中国境内设立的经营房地产经纪业务的有限责任公司和股份有限公司。有限责任公司和股份有限公司都是机构法人。有限责任公司是指股东以其出资额为限对公司承担责任，公司以其全部资产对公司的债务承担责任。股份有限公司是指其全部资本分为等额股份，股东以其所持股份为限对公司承担责任，公司以其全部资产对公司的债务承担责任。出资设立公司的出资者可以是自然人也可以是法人，出资可以是国有资产也可以是国外投资，出资形式可以是货币资本也可以是实物、工业产权、非专利技术、土地使用权作价出资，但对作为出资的实物、工业产权、非专利技术或者土地使用权，必须进行评估作价，核实财产，不得高估或者低估作价。

（2）合伙制房地产经纪机构。合伙制房地产经纪机构是指依照《中华人民共和国合伙机构法》和有关房地产经纪管理的部门规章在中国境内设立的由各合伙人订立合伙协议，共同出资、合伙经营、共享收益、共担风险，并对合伙机构债务承担无限连带责任的从事房地产经纪活动的营利性组织。

（3）个人独资房地产经纪机构。个人独资房地产经纪机构是指依照《中华人民共和国个人独资机构法》和有关房地产经纪管理的部门规章在中国境内设立，由一个自然人投资，财产为投资人个人所有，投资人以其个人财产对机构债务承担无限责任的从事房地产经纪活动的经营实体。

（4）房地产经纪机构设立的分支机构。在中华人民共和国境内设立的房地产经纪机构（包括房地产经纪公司、合伙制房地产经纪机构、个人独资房地产经纪机构）、国外房地产经纪机构，经拟设立的分支机构所在地主管部门审批，都可以在中华人民共和国境内设立分支机构。

▶ 习题精选

1. 设立房地产经纪公司，出资形式包括（　　　）。

A. 货币资金　　　　B. 工业产权　　　　C. 非专利技术

D. 实物　　　　　　E. 有价证券

【答案】ABCD

2. 股东以其出资额为限对公司承担责任，公司以其全部资产对公司的债务承担责任的房地产经纪机构的性质为（   ）。

A. 股份有限公司

B. 有限责任公司

B. 合伙制房地产经纪机构

D. 独资房地产经纪机构

【答案】B

3. 以下关于房地产经纪公司的说法中，正确的有（   ）。

A. 房地产经纪公司包括经营房地产经纪业务的有限责任公司和股份有限公司

B. 有限责任公司是指股东以其出资额为限对公司承担责任，公司以其全部资产对公司的债务承担责任

C. 股份有限公司是指其全部资本分为等额股份，股东以其所持股份为限对公司承担责任，公司以其全部资产对公司的债务承担责任

D. 出资设立公司的出资者可以是自然人也可以是法人，出资可以是国有资产，但不也可以是国外投资

E. 对作为出资的实物、工业产权、非专利技术或者土地使用权，都必须进行评估作价

【答案】ABCE

4. 以下关于房地产经纪分支机构的说法中，正确的有（   ）。

A. 房地产经纪机构的分支机构能独立开展房地产经纪业务，但一定不具有法人资格

B. 房地产经纪机构的分支机构独立核算，首先以自己的财产对外承担责任

C. 分支机构解散后，房地产经纪机构对其解散后尚未清偿的全部债务（包括未到期债务）承担责任

D. 在中华人民共和国境内设立的房地产经纪机构（包括房地产经纪公司、合伙制房地产经纪机构、个人独资房地产经纪机构）、国外房地产经纪机构，经拟设立的分支机构所在地主管部门审批，都可以在中华人民共和国境内设立分支机构

E. 当分支机构的全部财产不足以对外清偿到期债务时，由设立该分支机构的房地产经纪机构对其债务承担清偿责任

【答案】BCDE

（二）房地产经纪机构设立的条件和程序

1. 房地产经纪机构设立的条件

房地产经纪机构的设立应符合中华人民共和国公司法、合伙企业法、个人独资企业法、中外合作经营企业法、中外合资经营企业法、外商独资经营企业法等法律法规及其实施细则和工商登记管理的规定。

设立房地产经纪机构应当具备足够的专业人员：以公司形式设立房地产经纪机构的，应当有3名以上持有《中华人民共和国房地产经纪人执业资格证书》的专职人员和3名以上持有《中华人民共和国房地产经纪人协理从业资格证书》的专职人员；以合伙企业形式设立房地产经纪机构的，应当有2名以上持有《中华人民共和国房地产经纪人执业资格证书》的专职人员和2名以上持有《中华人民共和国房地产经纪人协理从业资格证书》的专职人员；以个人独资企业形式设立房地产经纪机构的，应当有1名以上持有《中华人民共和国房地产经纪人执业资格证书》的专职人员和1名以上持有《中华人民共和国房地产经纪人协

理从业资格证书》的专职人员。

房地产经纪机构的分支机构应当具有1名以上持有《中华人民共和国房地产经纪人执业资格证书》的专职人员和1名以上持有《中华人民共和国房地产经纪人协理从业资格证书》的专职人员。

设立房地产经纪机构，应当符合拟设立的房地产经纪机构所在地政府有关管理部门的规定。

2. 房地产经纪机构设立的程序

设立房地产经纪机构，应当首先由当地房地产行政管理部门对其人员条件进行前置审查；经审查合格后，再向当地工商行政管理部门申请办理工商登记。

房地产经纪机构在领取工商营业执照后的一个月内，应当持营业执照、章程、机构人员情况的书面材料到登记机构所在地房地产行政管理部门或其委托的机构备案。

▶ 习题精选

1. 设立以公司形式的房地产经纪机构，应当有（　　）名以上持有《中华人民共和国房地产经纪人执业资格证书》的专职人员。

A. 2　　　　　　　B. 3　　　　　　　C. 4　　　　　　　D. 5

【答案】B

2. 设立以合伙企业形式的房地产经纪机构，应当有（　　）名以上持有《中华人民共和国房地产经纪人执业资格证书》的专职人员。

A. 2　　　　　　　B. 3　　　　　　　C. 4　　　　　　　D. 5

【答案】A

3. 以公司形式设立房地产经纪机构的，应当有（　　）名以上持有《中华人民共和国房地产经纪人执业资格证书》的专职人员和（　　）名以上持有《中华人民共和国房地产经纪人协理从业资格证书》的专职人员。

A. 2；2　　　　　　B. 3；3　　　　　　C. 4；4　　　　　　D. 5；5

【答案】B

4. 房地产经纪机构的分支机构应当具有（　　）名以上持有《中华人民共和国房地产经纪人执业资格证书》的专职人员。

A. 1　　　　　　　B. 2　　　　　　　C. 3　　　　　　　D. 4

【答案】A

5. 新设立的房地产经纪机构在领取工商营业执照后（　　）内，应当到登记机构所在地房地产行政管理部门或其委托的机构备案。

A. 15 天　　　　　B. 1 个月　　　　　C. 45 天　　　　　D. 60 天

【答案】B

6. 新设立的房地产经纪机构在领取工商营业执照后一个月内，应当到登记机构所在地房地产行政管理部门或其委托的机构（　　）。

A. 审核　　　　　　B. 注册　　　　　　C. 登记　　　　　　D. 备案

【答案】D

7. 负责对设立房地产经纪机构进行前置审查的机构是当地（　　）行政管理部门。

A. 建设   B. 房地产   C. 工商   D. 规划

【答案】B

二、房地产经纪机构的经营模式

（一）房地产经纪机构经营模式的概念与类型

房地产经纪机构的经营模式是指房地产经纪机构承接及开展业务的渠道及其外在表现形式。根据房地产经纪机构是否通过店铺来承接和开展房地产经纪业务，可以将房地产经纪机构的经营模式分为无店铺模式和有店铺模式。

无店铺模式的房地产经纪机构主要靠业务人员乃至机构的高层管理人员直接深入各种场所与潜在客户接触来承接业务。这类机构通常有两种，一种是以个人独资形式设立的房地产经纪机构，另一种是面向机构客户和大宗房地产业主的房地产经纪机构，如专营新建商品房销售代理的房地产经纪机构。商品房销售代理机构的业务开展似乎表现为有店铺——售楼处，但售楼处实质上并不是房地产经纪机构的店铺，不过这类机构通常有固定的办公场所。个人独资机构往往没有固定的办公场所，其所面向的客户大多是零星客户，如单宗房地产的业主、住房消费者，但其中也有少量机构面对大型机构客户如房地产开发商，从事房地产转让等的居间业务。

有店铺模式的房地产经纪机构通常依靠店铺来承接业务，通常是面向零散房地产业主及消费者，从事二手房买卖居间和房屋租赁居间、代理的房地产经纪机构。根据店铺数量的多少，有店铺模式的房地产经纪机构分为单店铺模式、多店铺模式和连锁店模式。连锁店模式是一些大型房地产经纪机构所采取的经营模式，通常拥有十几家、几十家乃至几百家店铺，且采取信息共享、连锁经营的方式。这一模式包括直营连锁经营模式和特许加盟经营模式两种。

由一家房地产专业网站联合众多中小房地产经纪机构乃至大型房地产经纪机构而组成的网上联盟经营模式，联盟内的各成员机构均可通过一个专业的房地产网站来承接、开展业务。从目前情况来看，参与这种网上联盟的房地产经纪机构大多主要从事二手房买卖和房屋租赁的居间、代理，通常还同时保留其有形的店铺。

▶ 习题精选

1. 设立的房地产经纪机构主要面对以下客户中，适宜采用无店铺模式的有（   ）。

A. 机构客户   B. 大宗房地产业主   C. 二手房买卖客户

D. 房屋租赁客户   E. 新建房地产销售代理

【答案】ABE

2. 如果某经纪机构主要面对零散的房地产业主和消费者，则适宜的经营模式为（   ）。

A. 无店铺模式   B. 单店铺模式   C. 多店铺模式

D. 连锁店模式   E. 网上联盟经营模式

【答案】BCDE

（二）房地产经纪机构直营连锁经营模式

直营连锁经营，即由同一公司所有，统一经营管理，具有统一的企业识别系统（CIS），实行集中采购和销售，由两个或两个以上连锁分店组成的一种形式。连锁经营方式下，每家连锁店都有标准的商店门面和平面布置，以便于顾客识别和购物，并增加销售量。与一般零售业的连锁经营有所不同，现代房地产经纪机构进行连锁经营的目的主要是获得更多信息资源，并借助网络技术实现信息资源共享、扩大有效服务半径，以规模化经营实现运营成本的降低。连锁经营使企业可通过统一的信息管理、统一的标准化管理和统一的广告宣传形成规模效益。

▶ **习题精选**

由同一公司所有，统一经营管理，具有统一的企业识别系统（CIS），实行集中采购和销售，由两个或两个以上连锁分店组成的经营模式为（　　）。

A. 特许经营模式 　　　　　　　　　　B. 特许加盟连锁经营模式

C. 直营连锁经营模式 　　　　　　　　D. 网上联盟经营模式

【答案】C

（三）特许加盟连锁经营模式

特许经营起源于美国，是指特许者将自己所拥有的商标（包括服务商标）、商号、产品、专利和专有技术、经营模式等以特许经营合同的形式授予被特许者使用。被特许者按合同规定，在特许者统一的业务模式下从事经营活动，并向特许者支付相应的费用。这种经营模式现已在包括餐饮业、零售商业、房地产中介等多个行业中得到广泛应用。特许经营具有以 4 下个共同特点：（法人）对商标、服务标志、独特概念、专利、经营诀窍等拥有所有权；权利所有者授权其他人使用上述权利；在授权合同中包含一些调整和控制条款，以指导受许人的经营活动；受许人需要支付权利使用费和其他费用。

▶ **习题精选**

1. 特许经营起源于（　　）。

A. 新加坡 　　　　　B. 英国 　　　　　C. 日本 　　　　　D. 美国

【答案】D

2. 特许经营具有的特点包括（　　）。

A. （法人）对商标、服务标志、独特概念、专利、经营诀窍等拥有所有权

B. 权利所有者授权其他人使用上述权利

C. 受许人需要支付权利使用费和其他费用

D. 在授权合同中包含一些调整和控制条款，以指导受许人的经营活动

E. 一个地区只有一个受许人

【答案】ABCD

（四）房地产经纪机构经营模式的选择

房地产经纪机构选择经营模式时，主要要考虑的是三个方面：是否有店铺、企业规模、规模化经营的方式。

房地产经纪机构是否开设店铺主要是根据机构所面向的客户的类型。一般而言，面向零散客户的经纪机构通常需要开设店铺；面向机构类大型客户的经纪机构不一定要开设店铺。随着计算机信息技术的推广，即使面向零散客户的经纪机构也有可能以网上虚拟店铺来代替有形店铺，当然这要根据机构所面向的细分市场上潜在客户应用网络技术的情况。

经纪机构对企业规模的选择，首先要遵循规模经济的一般原理，其次要根据经纪机构的

自身特点，着重考虑经营规模与以下三方面因素的匹配程度：信息资源、人力资源、管理水平。

在直营连锁经营方式下，整个经纪机构是在一个相对封闭的组织下进行运作，各连锁店之间虽然也可能存在利益竞争关系，但是由于所有的连锁店都为一个机构所拥有，因此各连锁店在整体上的利益关系是一致的，可以通过内部的利益协调机制或者管理层的协调来解决。同时，因为各连锁店隶属于同一个所有者和管理者，对各连锁店具有绝对的控制权，因此作为房地产经纪机构更容易管理，更容易贯彻自己的经营理念。但是，作为连锁经营而言，随着连锁经营规模的扩大，会对房地产经纪机构的人力、财力提出更高的要求，其扩张成本会相对较高。

特许经营模式目前正在为越来越多的大型房地产经纪机构所接受，大型房地产经纪机构正试图通过特许经营来实现低成本、高速扩张，抢占更多的市场份额。服务质量和服务水准是特许经营取得成功的基础，由于每一家加盟的经纪机构情况都不同，因此要求每一家加盟店都按统一的标准提供服务是有一定难度的。而与餐饮等其他行业不同的另一个特点是，在房地产经纪企业中，信息是每一家加盟店的重要资源，因而对信息的控制对于整个特许经营体系就显得更为重要。

▶ 习题精选

1. 房地产经纪机构是否开设店铺，以下说法正确的有（　　　）。
A. 一般而言，面向零散客户的经纪机构通常需要开设店铺
B. 面向机构类大型客户的经纪机构不一定要开设店铺
C. 面向零散客户的经纪机构也有可能以网上虚拟店铺来代替有形店铺
D. 面向机构类大型客户的经纪机构一定不要开设店铺
E. 一般而言，面向零散客户的经纪机构一定需要开设店铺
【答案】ABC

2. 房地产经纪机构对企业规模的选择需要着重考虑与经营规模匹配的因素包括（　　　）。
A. 信息资源　　　　B. 人力资源　　　　C. 管理水平　　　　D. 服务客户素质
E. 市场环境
【答案】ABC

3. 特许经营取得成功的基础包括（　　　）。
A. 服务地点　　　　B. 服务对象　　　　C. 服务质量　　　　D. 服务水准
E. 服务时机
【答案】CD

三、房地产经纪机构的组织形式

房地产经纪机构的组织结构是指其内部设置及其相互关系的基本模式。

直线—参谋制（Line and Staff System）亦称直线—职能制（Line and Function System），是在直线制基础上发展起来，已被广泛采用的一种组织结构形式。其特点是为各层次管理者配备职能机构或人员，充当同级管理者的参谋和助手，分担一部分管理工作，但这些职能机构或人员对下级管理者无指挥权。这种结构形式的职能部门和人员一般是按管理业务的性质（如销售、企划、研展、财务、人事等）分工，分别从事专业化管理，这就可以聘用专家，

发挥他们的专长，弥补管理者之不足，且减轻管理者的负担，从而克服直线制形式的缺点。同时，这些部门和人员只是同级管理者的参谋和助手，不能直接对下级发号施令，又保证了管理者的统一指挥，避免了多头领导。这种形式的缺点是：高层管理者高度集权，难免决策迟缓，对环境变化的适应能力差；只有高层管理者对组织目标的实现负责，各职能机构都只有专业管理的目标；职能机构和人员相互间的沟通协调性差，各自的观点有局限性；不利于培养高层管理者的后备人才。

分部制或事业部制形式（Division System）是在高层管理者之下按商品类型（如住宅、办公楼、商铺）、地区或顾客群体设置若干分部或事业部，由高层管理者授予分部处理日常业务活动的权力，每个分部近似于一个小组织，可按直线—参谋制形式建立结构。高层管理者仍然要负责制定整个组织的方针、目标、计划或战略，并落实到各分部，在他下面仍可按管理业务性质分设非常精干的职能机构或人员，对各分部的业务活动实行重点监督。优点：各分部有较大的自主经营权、利于发挥分部管理者的积极性和主动性，增强适应环境变化的能力；利于高层管理者摆脱日常事务，集中精力抓全局性、长远性的战略决策；利于加强管理，实现管理的有效性和高效率；利于培养高层管理者的后备人才。缺点：职能部门重叠，管理人员增多，费用开支大；如分权不当，易导致各分部闹独立性，损害组织整体目标和利益；各分部之间的横向联系和协调较难。这种形式适用于特大型组织，在采用时也应注意扬长避短。

矩阵制（Matrix System）的组织结构形式。在一些大型的复合型房地产经纪机构，矩阵制组织结构就更为复杂，常常可以看到专业性职能部门、按房地产类型或区域分设的事业部和各种临时的项目部门同时并存。采用这种形式时，由职能机构派出、参加横向机构（事业部或项目组）的人员，既受所属职能机构领导，又接受横向机构领导。这就有利于加强横向机构内部各职能人员之间的联系，沟通信息，协作完成横向机构的任务。事实上，矩阵制是介于直线—参谋制与分部制之间的一种过渡形态，它可以吸收那两种形式的主要优点而克服其缺点，但是矩阵制的双重领导违反了统一指挥原则，又会引起一些矛盾，导致职责不清、机构间相互扯皮的现象，所以在实际运用中高层管理者要注意协调职能部门与横向机构间出现的矛盾和问题。

网络制（Network System）是一种最新的组织形式。公司总部只保留精干的机构，而将原有的一些基本职能，如市场营销、生产、研发开发等，都分包出去，由自己的附属企业和其他独立企业去完成。在这种组织形式下，公司成为一种规模较小，但可以发挥主要商业职能的核心组织—虚拟组织（Virtual Organization），依靠长期分包合同和电子信息系统同有关各方建立紧密联系。与传统的组织结构形式中公司各项工作依靠各职能部门来完成截然相反，在网络制组织结构形式下，经纪机构从组织外部寻找各种资源，来执行各项职能。

➤ 习题精选

1. 直线职能式组织结构形式的特点包括（　　）。

A. 各层次管理者配备职能机构或人员，充当同级管理者的参谋和助手，分担一部分管理工作

B. 职能机构或人员对下级管理者无指挥权

C. 职能部门和人员一般是按管理业务的性质分工，分别从事专业化管理

D. 部门和人员只是同级管理者的参谋和助手，不能直接对下级发号施令

E. 部门和人员只是同级管理者的参谋和助手，但可以根据管理工作需要直接对下级发号施令

【答案】ABCD

2. 直线职能式组织结构形式的缺点主要包括（　　）。

A. 高层管理者高度集权，难免决策迟缓，对环境变化的适应能力差

B. 只有高层管理者对组织目标的实现负责，各职能机构都只有专业管理的目标

C. 职能机构和人员相互间的沟通协调性差，各自的观点有局限性

D. 职能机构和人员相互间的沟通协调性强，各自的观点可以全面得到落实

E. 不利于培养高层管理者的后备人才

【答案】ABCE

3. 某房地产经纪机构在高层管理者之下按照地区设置组织结构，这种组织结构形式为（　　）。

A. 直线职能式组织结构　　　　　　　　B. 分部制组织结构

C. 矩阵制组织结构　　　　　　　　　　D. 直线制组织结构

【答案】B

4. 分部制组织结构形式的优点包括（　　）。

A. 各分部有较大的自主经营权、利于发挥分部管理者的积极性和主动性，增强适应环境变化的能力

B. 利于高层管理者摆脱日常事务，集中精力抓全局性、长远性的战略决策

C. 利于加强管理，实现管理的有效性和高效率

D. 利于培养高层管理者的后备人才

E. 各分部之间的横向联系和协调容易

【答案】ABCD

5. 分部制组织结构形式的缺点包括（　　）。

A. 职能部门重叠，管理人员增多，费用开支大

B. 各分部之间的横向联系和协调较难

C. 不利于高层管理者摆脱日常事务，集中精力抓全局性、长远性的战略决策

D. 如分权不当，易导致各分部闹独立性，损害组织整体目标和利益

E. 不利于培养高层管理者的后备人才

【答案】ABD

6. 某房地产经纪机构设置了专业职能部门、按区域设置了事业部，这种组织结构形式为（　　）组织结构。

A. 直线职能式　　　B. 分部制　　　C. 矩阵制　　　D. 直线制

【答案】C

7. 在以下组织结构中，由于双重领导违反了统一指挥原则，又会引起一些矛盾，导致职责不清、机构间相互扯皮的现象的是（　　）组织结构。

A. 直线职能式　　　B. 分部制　　　C. 矩阵制　　　D. 直线制

【答案】C

四、房地产经纪机构的人员管理

(一) 房地产经纪人员与房地产经纪机构之间的关系

房地产经纪机构是房地产经纪人员进行房地产经纪职业活动的载体，是房地产经纪活动的组织者。房地产经纪人员与房地产经纪机构之间有执业关系。房地产经纪机构与房地产经纪人员之间有法律责任关系。房地产经纪机构与房地产经纪人员之间有经济关系。

(二) 报酬

良好的报酬计划是公司业务能否成功的关键之一。

报酬制度的原则：底薪与奖金分离；简明扼要，易于执行；管理方便、符合经济原则；公平合理，有激励作用；在同业间有竞争力；适时修正，能配合商业变动。

报酬给付方式：固定薪金制：有保障底薪，起码维持最低所得，对业务人员生活最有保障，人员流动率最低，与顾客的关系较能保持常态。但不具奖励性是其最大缺点。佣金制：没有保障底薪，其收入完全视业绩而定，业绩高则高，业绩低甚至没有薪资，奖励大，刺激性强，"危机意识"最高。由于无底薪，公司在管理上较为不易，较难掌握人员流动。有些业务员为了达成业绩，甚至不择手段，严重影响公司的信誉。混合制：即将固定薪金制和佣金制混合运用，希望采取两者之优点而能弥补其缺点。

(三) 激励方式

尊重业务主管的领导。

▶ **习题精选**

1. 作为房地产经纪职业活动的载体，并为房地产经纪活动的组织者的是 (   )。
A. 房地产经纪人   B. 房地产经纪人员
C. 房地产经纪机构   D. 房地产经纪业
B. 【答案】C

2. 房地产经纪机构和房地产经纪人之间存在的关系包括 (   )。
A. 执业关系   B. 职业关系   C. 经纪关系   D. 经济关系
E. 法律责任关系
【答案】ACE

3. 以下关于房地产经纪机构和房地产经纪人的说法中，正确的包括 (   )。
A. 房地产经纪机构是房地产经纪人员进行房地产经纪职业活动的载体
B. 房地产经纪人员与房地产经纪机构之间有执业关系
C. 房地产经纪机构与房地产经纪人员之间有法律责任关系
D. 房地产经纪人是房地产经纪活动的惟一责任承担者
E. 房地产经纪机构与房地产经纪人员之间有经济关系
【答案】ABCE

4. 房地产经纪机构业务人员的报酬给付方式通常包括 (   )。
A. 固定薪金制   B. 佣金制   C. 混合制   D. 年薪制
E. 红利制
【答案】ABC

5. 某房地产经纪机构给付其业务人员报酬完全视业绩而定，其给付方式为（ 　　 ）。

A. 固定薪金制　　　　　B. 佣金制　　　　　C. 混合制　　　　　D. 红利制

【答案】B

6. 以下属于对业务人员具有激励功能的措施有（ 　　 ）。

A. 报酬制度　　　　　B. 训练计划　　　　　C. 业绩目标

D. 尊重和业务主管的态度　　　　　E. 保证金

【答案】ABCD

第四章

房地产交易流程与合同

一、房地产转让流程与合同

（一）房地产转让的基本流程

房地产转让是指房地产权利人通过买卖、赠与或其他合法方式将其房地产转移给他人的行为，主要有房地产买卖、交换、赠与、以房地产抵债、以房地产作价出资或者作为合作条件与他人成立法人使得房地产权利发生转移、因企业兼并或者合并房地产权属随之转移等六种方式。

1. 房地产买卖的基本流程

房地产买卖是房地产转让最基本的形式。目前房地产买卖主要有商品房预售、商品房销售、二手房买卖、商品房预售合同转让、房屋在建工程转让等类型。

（1）商品房预售基本条件：已交付全部土地使用权出让金，取得土地使用权证书；持有建设工程规划许可证；按提供预售的商品房计算，投入开发建设的资金达到工程建设总投资的25%以上，并已经确定施工进度和竣工交付日期；向县级以上人民政府房产管理部门办理预售登记，取得商品房预售许可证明。

（2）商品房预售的一般流程为：预购人通过中介，媒体等渠道寻找中意楼盘→预购人查询该楼盘的基本情况→预购人与开发商签订商品房预售合同→办理预售合同文本登记备案→商品房竣工后，开发商办理初始登记，交付房屋→与开发商签订房屋交接书→办理交易过户、登记领证手续。

（3）商品房预售合同转让的一般流程为：预购人将经交易中心登记备案的预售合同通过中介等渠道寻找受让人→签订预售合同权益转让书→预售合同转让登记备案。

（4）房屋在建工程转让基本流程：房屋在建工程权利人向房地产管理部门提出在建工程转让申请→房地产管理部门对申请进行审核、批复→转让双方签订在建工程转让合同。

（5）商品房销售基本流程：购房人通过中介、媒体等渠道寻找中意楼盘→购房人查询该楼盘的基本情况→购房人与商品房开发商订立商品房买卖合同→交易过户登记。

（6）二手房买卖基本流程：购房人或卖房人通过中介、媒体等渠道寻找交易对象→交易双方签订房屋买卖合同→交易过户登记。

▶ 习题精选

1. 以下属于房地产转让行为的有（　　　）。

A. 房地产作价出资　　　B. 房地产抵押　　　C. 房屋租赁

D. 房地产赠与　　　　　E. 房地产抵债

【答案】ADE

2. 房地产交易的内容主要包括（　　　）。

A. 房地产转让　　　　B. 房地产抵押　　　　C. 房屋租赁

D. 土地使用权出让　　E. 土地征用

【答案】ABC

3. 商品房预售，要求投入建设的资金达到工程建设总投资的（　　　）以上，并已经确定施工进度和竣工交付日期。

A. 20%　　　　　　B. 25%　　　　　　C. 35%　　　　　　D. 40%

【答案】B

4. 商品房预售，要求取得或持有（　　　）。

A. 土地所有权证　　　　　　　　B. 建设工程规划许可证

C. 建设用地规划许可证　　　　　D. 预售许可证明

E. 土地使用权证

【答案】BDE

5. 商品房预售流程中，在与开发商签订房屋交接书前完成的事项有（　　　）。

A. 预购人与开发商签订商品房预售合同

B. 办理交易过户、登记领证手续

C. 预购人查询楼盘的基本情况

D. 办理预售合同文本登记备案

E. 商品房竣工后，开发商办理初始登记，交付房屋

【答案】ACDE

6. 商品房预售合同转让的一般流程是（　　　）。

A. 预购人将经交易中心登记备案的预售合同通过中介等渠道寻找受让人→签订预售合同权益转让书→预售合同转让登记备案

B. 预购人将经交易中心登记备案的预售合同通过中介等渠道寻找受让人→签订预售合同权益转让书→交易过户登记→预售合同转让登记备案

C. 预购人将经交易中心登记备案的预售合同通过中介等渠道寻找受让人→交易过户登记→签订预售合同权益转让书→预售合同转让登记备案

D. 预购人将经交易中心登记备案的预售合同通过中介等渠道寻找受让人→签订预售合同权益转让书→预售合同转让登记备案→交易过户登记

【答案】A

7. 房屋在建工程转让的基本流程是（　　　）。

A. 房屋在建工程权利人向建设行政管理部门提出在建工程转让申请→房地产管理部门对申请进行审核、批复→转让双方签订在建工程转让合同

B. 转让双方签订在建工程转让合同→房屋在建工程权利人向建设管理部门提出在建工程转让申请→房地产管理部门对申请进行审核、批复

C. 房屋在建工程权利人向房地产管理部门提出在建工程转让申请→房地产管理部门对申请进行审核、批复→转让双方签订在建工程转让合同

D. 房屋在建工程权利人向房地产管理部门提出在建工程转让申请→房地产管理部门对申请进行审核、批复→转让双方签订在建工程转让合同

E. 转让双方签订在建工程转让合同→房屋在建工程权利人向房地产管理部门提出在建工程转让申请→房地产管理部门对申请进行审核、批复

【答案】C

8. 已建成商品房销售的基本流程是（　　）。

A. 购房人通过中介、媒体等渠道寻找中意楼盘→购房人查询该楼盘的基本情况→购房人与商品房开发商订立商品房买卖合同→交易过户登记

B. 购房人通过中介、媒体等渠道寻找中意楼盘→购房人与商品房开发商订立商品房买卖合同→购房人查询该楼盘的基本情况→交易过户登记

C. 购房人查询该楼盘的基本情况→购房人通过中介、媒体等渠道寻找中意楼盘→购房人与商品房开发商订立商品房买卖合同→交易过户登记

D. 购房人通过中介、媒体等渠道寻找中意楼盘→购房人查询该楼盘的基本情况→交易过户登记→购房人与商品房开发商订立商品房买卖合同

【答案】A

9. 购买二手房买卖的基本流程为（　　）。

A. 购房人或卖房人通过中介、媒体等渠道寻找交易对象→交易双方签订房屋买卖合同→交易过户登记

B. 购房人通过中介、媒体等渠道寻找中意楼盘→购房人查询该楼盘的基本情况→交易过户登记→购房人与商品房开发商订立商品房买卖合同

C. 预购人将经交易中心登记备案的预售合同通过中介等渠道寻找受让人→签订预售合同权益转让书→预售合同转让登记备案

D. 购房人查询该楼盘的基本情况→购房人通过中介、媒体等渠道寻找中意楼盘→购房人与商品房开发商订立商品房买卖合同→交易过户登记

【答案】A

2. 房地产交换基本流程

房地产交换的主要含义是房地产产权的互换。目前房地产交换还包括公房与公房的交换、公房与私房的交换。

基本流程是：换房人通过房地产经纪机构等渠道寻找房源→交换双方签订公（私）有住房差价换房合同→到房地产登记机构进行换房合同登记备案和审核→交换双方支付差价款和相关税费→产权交易过户或办理公房租赁变更手续，领取房地产权证或公房租赁证。

3. 房地产赠与基本流程

房地产赠与可分为生前赠与和遗赠两种。

（1）生前赠与基本流程：赠与人与受赠人签署赠与书、受赠书，赠与书与受赠书经公证机关公证后有效→赠与双方持经公证的赠与书与受赠书、房地产权证等资料到房地产登记机构办理赠与登记领证手续。

（2）遗赠基本流程：房地产权利人生前订立遗嘱，承诺将其自有的房地产在其死后全部或部分赠送给受赠人，此遗赠书也须经公证机关公证后才有效→房地产权利人死亡，遗嘱生效，受赠人表示接受赠与→受赠人持有关合法文件到房地产登记机关申请办理过户登记领证手续。

4. 以房地产抵债

基本流程：确定债权、债务→确定房地产及其价值→订立房地产抵债合同→债权、债务双方将抵债合同，原房地产权证等相关资料向房地产登记机关申请办理交易过户登记领证手

续。在缴纳规定的契税、交易手续费等税费后领取房地产权证。

5. 以房地产作价投资入股的基本流程

1991 年建设部建房〔1991〕358 号文《关于房地产作价合资或以股份形式转让是否视为房地产交易的复函》中已将房地产作价入股行为列为房地产交易行为。

其基本流程：合资双方订立合资合同、章程等文件，并报国家有关部门批准→合资双方将合同、章程、批准证书，评审确认书等及合同中涉及到以房地产作价投资的清单向房地产登记机关申请办理交易过户登记领证手续。在缴纳规定的契税、交易手续费等税费后领取房地产权证。

6. 兼并、合并的基本流程

因企业兼并、合并而使房地产权属随之转移的，属于房地产转让，而不是单纯的权利人名称变更。

兼并、合并的一般流程为：企业按国家有关规定及报有关部门批准，实施兼并、合并 > 企业将有效的关于兼并、合并的法律文件以及随之转移的房地产权利证书等有关资料到房地产登记机关申请办理转让过户登记领证手续。在缴纳规定的契税、交易手续费等税费后领取房地产权证。

（二）签订二手房买卖合同的注意事项

当事人在签订房地产买卖合同时应注意：共有人的权利；权益转移；房屋质量；承租人优先购买权；集体所有土地上房屋的买卖对象；住房户口迁移；维修基金交割；物业管理费、公用事业费具结。

▶ 习题精选

1. 房地产交换的基本流程是（   ）。

A. 换房人通过房地产经纪机构等渠道寻找房源→交换双方支付差价款和相关税费→交换双方签订公（私）有住房差价换房合同→到房地产登记机构进行换房合同登记备案和审核→产权交易过户或办理公房租赁变更手续，领取房地产权证或公房租赁证

B. 换房人通过房地产经纪机构等渠道寻找房源→到房地产登记机构进行换房合同登记备案和审核→交换双方签订公（私）有住房差价换房合同→交换双方支付差价款和相关税费→产权交易过户或办理公房租赁变更手续，领取房地产权证或公房租赁证

C. 换房人通过房地产经纪机构等渠道寻找房源→交换双方签订公（私）有住房差价换房合同→交换双方支付差价款和相关税费→到房地产登记机构进行换房合同登记备案和审核→产权交易过户或办理公房租赁变更手续，领取房地产权证或公房租赁证

D. 换房人通过房地产经纪机构等渠道寻找房源→交换双方签订公（私）有住房差价换房合同→到房地产登记机构进行换房合同登记备案和审核→交换双方支付差价款和相关税费→产权交易过户或办理公房租赁变更手续，领取房地产权证或公房租赁证

【答案】D

2. 房地产遗赠的基本流程是（   ）。

A. 赠与人与受赠人签署赠与书、受赠书→赠与书与受赠书经公证机关公证→赠与双方持经公证的赠与书与受赠书、房地产权证等资料到房地产登记机构办理赠与登记领证手续

B. 房地产权利人生前订立遗嘱，承诺将其自有的房地产在其死后全部或部分赠送给受

赠人→遗赠书经公证机关公证→房地产权利人死亡，遗嘱生效，受赠人表示接受赠与→受赠人持有关合法文件到房地产登记机关申请办理过户登记领证手续

C. 赠与人与受赠人签署赠与书、受赠书→赠与双方持经公证的赠与书与受赠书、房地产权证等资料到房地产登记机构办理赠与登记领证手续

D. 房地产权利人生前订立遗嘱，承诺将其自有的房地产在其死后全部或部分赠送给受赠人→房地产权利人死亡，遗嘱生效，受赠人表示接受赠与→受赠人持有关合法文件到房地产登记机关申请办理过户登记领证手续

【答案】B

3. 以房地产抵债时，向房地产登记机关申请办理交易过户登记领证手续需要持有的资料包括（　　）。

A. 债务证明　　　　　B. 抵债合同　　　　　C. 原房地产权证　　　D. 契税缴纳凭证

E. 交易手续费缴纳凭证

【答案】BC

4. 以下关于二手房转让的说法中，正确的有（　　）。

A. 出卖人将原购入的商品住房出售的，开发公司提供的住宅质量保证书和住宅使用说明书应一并转移给买受人，买受人享有"两书"规定的权益

B. 集体所有土地上的居住房屋未经依法征用，只能出售给房屋所在地乡（镇）范围内具备居住房屋建设申请条件的个人

C. 房地产买卖合同生效后，当事人应将房地产转让情况书面告知业主管理委员会和物业管理单位，并办理房屋维修基金户名的变更手续

D. 房地产权利登记分为独有和共有，共有指二个以上权利人共同拥有同一房地产，买卖房地产签订合同时，房地产权证内的共有人应在合同内签字盖章

E. 买卖已出租房屋的，出卖人应当在出售前十五天通知承租人，承租人在同等条件下有优先购买权

【答案】ABCD

5. 房屋出卖人将原购入的商品住房出售的，开发公司提供的（　　）和应一并转移给买受人。

A. 住宅质量保证书　　　　　　　　　B. 公共维修基金

C. 物业管理费　　　　　　　　　　　D. 公用事业费

E. 住宅使用说明书

【答案】AE

6. 买卖已出租房屋的，出卖人应当在出售前（　　）通知承租人，承租人在同等条件下有优先购买权。

A. 一个月　　　　　　B. 一个半月　　　　　C. 三个月　　　　　　D. 半年

【答案】C

二、房屋租赁流程与合同

（一）房屋租赁的基本流程

房屋租赁主要有房屋出租和房屋转租两种方式。

1. 房屋出租的流程

房屋出租是指房屋所有权人将房屋出租给承租人居住或提供给他人从事经营活动或以合作方式与他人从事经营活动的行为。

一般流程为：出租方或承租方通过中介等渠道寻找合适的承租人或出租房源→签订房屋租赁合同→将房屋租赁合同及相关材料到租赁房屋所在地的房地产登记机关申请办理房屋租赁合同登记备案→领取房屋租赁证，缴纳相关税费。

对出租人而言，其出租的房屋必须是其所有的房地产，一般以房地产管理部门颁发的房地产权证为凭；已抵押的房屋出租，应得到抵押权人的同意，共有房屋出租则应得到共有人的同意；售后公房，则必须经过购房时同住成年人的同意。对承租人而言，则必须提供有效的身份证件，单位则须提供工商注册登记证明。

签订房屋租赁合同时可参照示范文本，也可由租赁双方自行拟订合同。合同中，特别应明确出租房屋的用途，不得擅自改变原使用用途。

2. 房屋转租基本流程

房屋转租是指房屋承租人在租赁期间将承租的房屋部分或全部再出租的行为，其一般流程为：原承租人取得原出租人的书面同意，将其原出租的房屋部分或全部再出租→原承租人与承租人签订房屋转租合同→将转租合同和原房屋租赁证到房地产登记机关办理房屋转租合同登记备案→领取经注记盖章的原房屋租赁证，缴纳有关税费。

房屋转租除必须符合一般房屋租赁的必要条件，还必须注意以下几点：房屋转租必须取得原出租人的书面同意；转租合同的终止日期不得超过原租赁合同的终止日期；转租合同生效后，承租人必须同时履行原租赁合同的权利义务；转租期间，原租赁合同变更解除或终止的，转租合同随之变更、解除或终止。

（二）房屋租赁合同

房屋租赁合同是指出租人在一定期限内将房屋转移给承租人占有、使用、收益的协议。与房屋买卖合同相区别，房屋买卖合同是将房屋的占有、使用、收益、处分等权利转移给买受人，而房屋租赁合同是将房屋转移给承租人占有、使用并取得收益，而房屋仍属出租人所有，承租人不能对房屋行使处分权，租赁期满承租人就必须将承租房屋归还出租人。

▶ **习题精选**

1. 以下关于房屋出租的房源的说法中，正确的有（　　）。

A. 出租的房屋必须是出租人的自有的房地产，一般以房地产权属证书为凭

B. 已抵押的房屋只需要得到抵押人的同意

C. 出租共有房屋，应得到共有人的同意

D. 售后公房出租，必须经过购房时同住的其他人员的同意

E. 售后公房出租，必须经过购房时同住的成年人的同意

【答案】ACE

2. 房屋出租应到（　　）机关申请办理房屋租赁合同登记备案。

A. 工商行政管理　　　　　　　　　　B. 房地产登记

C. 公安　　　　　　　　　　　　　　D. 建设行政管理

【答案】B

3. 以下关于转租的说法中，正确的有（　　）。

A. 房屋转租必须取得原出租人的书面同意

B. 转租合同的终止日期不得超过原租赁合同的终止日期

C. 转租合同生效后，承租人必须同时履行原租赁合同的权利义务

D. 转租期间，原租赁合同变更解除或终止的，转租合同随之变更，解除或终止

E. 转租期间，原租赁合同变更解除或终止的，转租合同仍然有效

【答案】ABCDE

三、房地产抵押流程与合同

（一）房地产抵押的基本流程

房地产抵押是指债务人或者第三人以不转移占有的方式向债权人提供土地使用权、房屋和房屋期权作为债权担保的法律行为。在债务人不履行债务时，债权人有权依法处分该抵押物并就处分所得的价款优先得到偿还。房地产抵押按房地产的现状主要可分为：土地使用权抵押、建设工程抵押、预购商品房期权抵押、现房抵押。

▶ **习题精选**

以下可以抵押的房地产有（   ）。

A. 国有土地所有权　　　B. 国有土地使用权　　　C. 建设工程

D. 预购商品房　　　E. 现房

【答案】BCDE

1. 土地使用权抵押流程

土地使用权抵押是指以政府有偿出让方式取得的土地，且土地上尚未建造房屋的土地使用权设定抵押。在中国，土地所有权不能抵押，以行政划拨方式取得的土地使用权不能单独抵押。

▶ **习题精选**

1. 以下房地产中，不能抵押的有（   ）。

A. 土地所有权　　　　　　　　　　B. 划拨土地使用权

C. 出让土地使用权　　　　　　　　D. 房屋所有权

【答案】A

2. 以下房地产种类中，不得单独设置抵押权的是（   ）。

A. 划拨土地使用权　　　B. 出让土地使用权　　　C. 房屋所有权　　　D. 在建工程

【答案】A

土地使用权抵押的一般流程为：第一步，债务合同（主合同）依法成立，为履行债务合同，抵押人提供其依法拥有的土地使用权作担保→抵押人与抵押权人签订土地使用权抵押合同（从合同），将依法取得的土地使用权设定抵押→抵押双方将抵押合同、债务合同及房地产权属证书等有关资料到房地产登记机关办理抵押登记→领取房地产他项权利证明及经注记的房地产权属证书→债务履行完毕，抵押双方向房地产登记机关申请办理抵押注销手续。

房地产经纪人在从事土地使用权抵押经纪活动中要注意区分土地使用权取得的方式，以出让或转让方式取得的土地使用权设定抵押，应符合以下条件：该土地使用权的出让金必须全部付清，并经登记取得土地使用权证；该土地使用权所担保的主债权限于开发建设该出让

或转让地块的贷款；所担保的债权不得超出国有土地使用权出让金的款额；土地使用权设定抵押不得违反国家关于土地使用权出让、转让的规定和出让合同的约定。按国家有关规定，房地产其他权利证书交抵押权人保管，而房地产权利证书经注记后应归还给产权人，抵押权人不能擅自扣押房地产权利证书。当抵押人不能履行到期债务时，抵押权人有权依法处分抵押物。

▶ **习题精选**

1. 按国家有关规定，房地产他项权利证书由（　　）保管。

A. 房地产权利登记机关　　　　　　　　B. 房地产所有权人

C. 房地产抵押权人　　　　　　　　　　D. 房地产抵押人

【答案】C

2. 房地产抵押双方办理抵押登记时需要提交的资料包括（　　）。

A. 抵押合同　　　　　　　　　　　　　B. 债务合同

C. 房地产权属证书　　　　　　　　　　D. 房地产他项权利证书

E. 房地产契证

【答案】ABC

3. 以下合同属于住合同和从合同的是（　　）。

A. 房屋买卖合同和房地产按揭合同　　　B. 土地出让合同和土地抵押合同

C. 借款合同和抵押合同　　　　　　　　D. 房屋买卖合同和物业管理合同

【答案】C

2. 建设工程抵押

建设工程抵押是指房屋建设工程权利人在房屋建设期间将在建的房屋及土地使用权全部或部分设定抵押。

（1）建设工程抵押一般流程为：债务合同成立，抵押人提供其合法拥有的在建房屋及土地使用权作担保→抵押人与抵押权人签订抵押合同，将在建房屋及相应的土地使用权抵押，当债务不能履行时，抵押权人有权依法处分抵押物→抵押双方持债务合同（主合同），抵押合同及房地产权利证书，建设工程规划许可证等有关资料到房地产登记机关办理抵押登记→抵押权人保管房地产其他权利证明，房地产权利人领取经注记的建设工程规划许可证→债务履行完毕，抵押双方持注销抵押申请书，经注记的土地使用权证，建设工程规划许可证到房地产登记机构办理注销抵押手续。

（2）在建工程抵押担保应符合的条件：抵押人必须取得了土地使用权证，并应有建设用地规划许可证、建设工程规划许可证和施工许可证；投入开发建设的资金达到工程建设总投资的25%以上；建设工程抵押所担保的债权不得超出该建设工程总承包合同或者建设工程施工总承包合同约定的建设工程造价；该建设工程承包合同是能形成独立使用功能的房屋的；该建设工程范围内的商品房尚未预售；已签有资金监管协议；符合国家关于建设工程承发包管理的规定；已确定施工进度和竣工交付日期。

（3）经纪人在从事建设工程抵押经纪活动中应特别把握：建设工程所担保的主债权仅限于建造该建设工程的贷款；建设工程抵押必须服从专门机构的监管；不得设定最高额抵押。

（4）在签订抵押合同时，应着重查验抵押房地产的合法有效证件，并到房地产登记机构查阅抵押物是否已预售、转让，或已设定抵押，或被司法机关查封等等；同时由于建设工程抵押实质是一种期权抵押，明确抵押物的部分、面积及规划用途就显得十分重要，当债务人不能及时清偿债务时，可以及时处分抵押物以清偿贷款。

▶ 习题精选

1. 办理建设工程抵押，抵押人必须取得（   ）。

A. 土地使用权证　　　　　　　　　　B. 建设用地规划许可证

C. 建设工程规划许可证　　　　　　　D. 施工许可证

E. 房屋所有权证

【答案】ABCD

2. 办理建设工程抵押，投入开发建设的资金达到工程建设总投资的（   ）以上。

A. 20%　　　　　B. 25%　　　　　C. 35%　　　　　D. 40%

【答案】C

3. 当债务不能履行时，有权依法处分抵押物的是（   ）。

A. 房地产权属登记机关　　　　　　　B. 抵押人

C. 抵押权人　　　　　　　　　　　　D. 债务人

【答案】C

4. 建设工程抵押，房地产登记机关在（   ）上注记已抵押。

A. 土地使用权证　　　　　　　　　　B. 建设工程规划许可证

C. 建设用地规划许可证　　　　　　　D. 施工许可证

E. 房屋所有权证

【答案】AB

3. 预购商品房期权抵押

预购商品房期权抵押是指商品房预购人将已经付清房款或已付部分房款的预购商品房期权设定抵押。

（1）未付清房款的预购房设定抵押应符合的条件：抵押所担保的主债权仅限于购买该商品房的贷款；不得设定最高额抵押；符合国家关于商品房预售管理的规定。

（2）预购商品房抵押的基本流程为：商品房预购人与商品房开发经营企业签订商品房预购合同，全部付清或部分付清房价款→持商品房预售合同到房地产登记机关登记备案→将预购商品房设定抵押→抵押权人与抵押人签订抵押合同→抵押双方持抵押合同及经房地产登记机构登记备案的商品房预售合同到房地产登记机关办理抵押登记→抵押权人保管其他权利证明，房地产权利人领取已经注记的商品房预售合同→债务履行完毕或贷款已经清偿，抵押双方持注销抵押申请书，其他权利证明及已经注记的商品房预售合同到房地产登记机关办理注销抵押登记手续→债务履行期间或贷款清偿期间，该预购商品房已经初始登记，买受人持商品房出售合同、房屋交接书和其他权利证明等材料到房地产登记机关办理交易过户登记→抵押权人保管房地产其他权利证明，抵押人领取经注记的房地产权证及缴纳有关税费，并继续履行债务和清偿贷款。

（3）签订抵押合同时，应查验抵押人所提供的商品房预售合同是否经房地产登记机关登记备案，该预购房屋是否已转让，已设定抵押或已被司法机关查封等等。

▶ **习题精选**

签订预购商品房抵押合同，房地产经纪人应查验（　　　）。

A. 抵押人所提供的商品房预售合同是否经房地产登记机关登记备案

B. 预购房屋是否已转让

C. 预购房屋是否已设定抵押

D. 预购房屋是否已被司法机关查封

E. 预购房屋是否已经居住或出租

【答案】ABCD

4. 现房抵押

现房抵押是指获得所有权的房屋及其占用范围内的土地使用权设定抵押。

（1）现房抵押的一般流程为：债务合同成立，债务人或者第三人将自己依法拥有的房地产作担保→抵押双方签订抵押合同→抵押双方持抵押合同，房地产权利证书到房地产登记机构办理抵押登记手续→抵押权人保管房地产其他权利证明，抵押人保管已经注记的房地产权利证书→债务履行完毕，抵押双方持注销抵押申请书、房地产其他权利证明及已经注记的房地产权利证书到房地产登记机关办理注销抵押手续。

（2）商品房购买人未支付全部房价款的，可向银行申请贷款，并将该商品房设定抵押作为清偿贷款担保。抵押权人必定是债权人，而抵押人是债务人或第三人，债务不能履行时，抵押权人有权依法处分债务人或第三人拥有的抵押物。用抵押贷款购买商品房的，购买人先与商品房开发经营单位签订商品房出售合同，然后再与银行签订贷款合同，抵押合同。

（二）房地产抵押合同

抵押合同应以书面形式订立。

1. 房地产抵押合同的特征

（1）房地产抵押合同是从合同。房地产抵押合同的权利是以债务合同（贷款合同）即主合同的成立为条件的，它是为履行主合同而设立的担保，从属于主合同。因此，抵押合同随主合同的成立生效而成立生效，随主合同的灭失而灭失，而且当主合同无效时，抵押合同必然无效。

（2）房地产抵押合同所设立的抵押权与其担保的债权同时存在。由于房地产抵押合同是从合同，因此主合同的债务履行未完毕，以作担保的房地产抵押继续有效，直至主合同的债务履行完毕。

（3）房地产抵押合同所设立的抵押权是一种他物权，可以转让，但其转让时连同主合同债务一同转让。

（4）房地产抵押合同生效后，抵押权人对抵押物不享有占有、使用、受益权。

（5）房地产抵押合同生效后，对抵押物具有限制性。

（6）房地产抵押合同一旦生效，抵押人便不得随意处分抵押物，如要转让已设定抵押的房地产，必须以书面形式通知抵押权人，并将抵押情况告知房地产受让人，否则转让行为无效。

（7）一旦合同约定的或法律规定的抵押权人有权处分抵押物的情形出现，抵押权人应在处分抵押物前书面通知抵押人，抵押物为共同或者已出租的房地产还应当同时书面通知共有人或承租人。

（8）处分抵押物可选择拍卖、变卖或者折价方式处分。处分抵押物时，按份共有的其他共有人，抵押前已承租的承租人有优先购买权。

（9）一宗抵押物上存在两个以上抵押权的，债务履行期届满尚未受清偿的抵押权人行使抵押权时，应当通知其他抵押权人，并应当与所有先顺位抵押人就该抵押权及其担保债权的处理进行协商。

（10）以已出租的房地产设定抵押的，应将已出租情况明示抵押权人。原租赁合同继续有效，如果有营业期限的，企业以其所有的房地产设定抵押，其抵押期限不得超过企业的营业期限，而抵押房地产有土地使用年限的，抵押期限不得超过土地使用年限。

（11）当已设立抵押权的房地产再次抵押时，应将第一次抵押的情况告知第二抵押权人，处分抵押物时，应以登记顺序为优先受偿的顺序。

以上情况，在签订抵押合同时都应一一明确约定。

（12）抵押权人处分抵押物须按法律规定的程序进行。

▶ **习题精选**

以下关于房地产抵押合同的有关说法中，正确的有（   ）。

A. 房地产抵押合同是从合同，房地产保险合同是房地产抵押合同得主合同
B. 房地产抵押合同生效后，抵押权人享有对抵押物的占有、使用、收益权
C. 房地产抵押合同所设立的抵押权是一种他物权，可以转让
D. 房地产抵押合同生效后，对抵押物具有限制性
E. 房地产抵押合同的所设立的抵押权与所担保的债权同时存在

【答案】CDE

2. 房地产抵押合同的成立

（1）根据担保法规定，房地产抵押合同签订后，应当向房地产登记机关办理抵押登记，抵押合同自登记之日起生效，而不是自抵押合同签订之日起生效。

（2）抵押人和抵押权人协商一致，可以变更抵押合同。抵押双方应当签订书面的抵押变更合同。一宗抵押物存在两个以上抵押权人的，需要变更抵押合同的抵押权人，必须征得所有后顺位抵押权人的同意。

（3）抵押合同发生变更的，应当依法变更抵押登记。抵押变更合同自变更抵押登记之日起生效。

▶ **习题精选**

1. 在处分抵押物时，以下具有优先购买权的有（   ）。

A. 法院　　　　　　　　　　　　B. 抵押权人
C. 抵押前已承租的承租人　　　　D. 拍卖人

【答案】C

2. 某房屋所有权人分别将其所有房屋于2003年10月30日、2004年12月1日和2005年6月3日签订抵押合同抵押给甲、乙、丙三家银行，贷款金额分别为1500万元、2000万元和3000万元，用于投资购买另外一宗房地产，并签订了购房合同。其中与乙和丙分别于

2005 年 9 月 20 日和 2005 年 8 月 15 日办理了抵押登记。2006 年 10 月不能偿还到期债权，甲、乙、丙三方分别于 17 日、15 日和 5 日向人民法院申请处置，抵押房屋则：

问题 1. 与甲签订的抵押合同（　　）。

A. 于 2003 年 10 月 30 日生效 　　　　B. 担保的债权优先乙、丙受偿

C. 次于乙丙债权受偿 　　　　D. 一直没有生效

【答案】CD

问题 2. 价值为 5500 万元，则抵偿顺序和金额为（　　）。

A. 甲 1500 万元、乙 2000 万元、丙 2000 万元

B. 乙 2000 万元、丙 3000 万元、甲 500 万元

C. 丙 3000 万元、乙 2000 万元、甲 500 万元

D. 甲乙丙三方按照债权比例分别受偿

【答案】B

问题 3. 在房地产抵押登记时，分别对所承担的抵押价值向保险公司投保，签订了保险合同，则以下属于从合同的有（　　）。

A. 贷款合同 　　　B. 抵押合同 　　　C. 保险合同 　　　D. 购房合同

【答案】BC

问题 4. 房地产抵押合同是（　　）。

A. 主合同 　　　　B. 从合同 　　　　C. 买卖合同 　　　　D. 借款合同

【答案】B

问题 5. 处分抵押物时，具有优先购买权的是（　　）。

A. 法院 　　　　B. 拍卖人

C. 按份共有的共有人 　　　　D. 抵押后承租的承租人

【答案】C

问题 6. 抵押合同自（　　）之日起生效。

A. 签订 　　　　B. 登记 　　　　C. 借款合同生效 　　　　D. 借款合同签订

【答案】B

问题 7. 抵押变更合同自（　　）之日起生效。

A. 原抵押合同签订 　　　　B. 原抵押合同签订

C. 变更抵押签订 　　　　D. 变更抵押登记

【答案】D

第五章

房 地 产 代 理 业 务

一、房地产代理业务的主要类型

房地产代理是指房地产经纪人在授权范围内，以委托人名义与第三者进行房地产交易而提供服务，并收取委托人佣金的行为。根据服务对象的不同，房地产代理业务可分为卖方代理和买方代理。委托人为房地产开发商、存量房的所有者或是出租房屋的业主的代理行为称为卖方代理。相对应的，受需要购买或承租房屋的机构或个人委托而进行的代理行为称为买方代理。

1. 房地产卖方代理业务

房地产卖方代理是指房地产经纪人受委托人委托，以委托人名义出租、出售房地产的经纪行为。房地产卖方代理的委托人为房地产开发商、存量房的所有者或是出租房屋的业主。

房地产卖方代理业务按委托人的不同可以分为商品房销售代理、房屋出租代理和二手房买卖代理3类：

（1）商品房销售代理是指房地产经纪人接受房地产开发商的委托，按委托人的基本要求进行商品房销售并收取佣金的行为。房地产经纪人必须经房地产开发商委托，在委托范围内（如价格浮动幅度、房屋交付使用日期等）替开发商行使销售权。目前的商品房销售代理又主要有独家代理、共同代理、参与代理三种形式。独家代理是指房地产开发企业或房地产所有权人，将房屋的出售（租）权单独委托给一家具有房地产经纪资格的机构代理。共同代理是指房地产开发企业或房地产所有权人将房屋出售（租）权同时委托数家具有房地产经纪资格的机构，按谁先代理成功，谁享有佣金；谁代理成功量多，谁多得收益的一种代理方式。参与代理是指房地产经纪人参与已授权独家或共同代理的房地产经纪机构的代理业务，代理成功后，由独家代理公司或共同代理人按参与代理协议分配佣金的行为。

（2）房屋出租代理是指房地产经纪人为房屋出租人代理出租房屋，促成出租者出租房屋成功而收取佣金的行为。房屋出租代理按房屋存在形式可分为现房出租代理、在建商品房预租代理、商品房先租后售代理等。

（3）二手房出售代理是指房地产经纪人受存量房屋所有权人委托，将其依法拥有的住房进行出售的代理。现实经纪活动中常称为二手房卖出代理。在存量房出售代理业务中，房屋置换的代理成为一种比较常见的房地产代理方式。

目前在中国房地产经纪业，卖方代理是最主要的代理业务。

2. 房地产买方代理业务

房地产买方代理业务是指房地产经纪人受委托人委托，以委托人名义承租、购买房地产的经纪行为。

▶ **习题精选**

1. 接受以下委托人的委托的房地产代理中，属于买方代理的有（　　）。

A. 房地产开发商　　　　　　　　　　B. 存量房的所有者

C. 出租房屋的业主　　　　　　　　　D. 房屋承租人

E. 购买房屋者

【答案】DE

2. 接受以下委托人的委托的房地产代理中，属于卖方代理的有（　　）。

A. 房地产开发商　　　　　　　　　　B. 存量房的所有者

C. 出租房屋的业主　　　　　　　　　D. 房屋承租人

E. 购买房屋者

【答案】ABC

3. 目前商品房销售代理的形式主要有（　　）。

A. 独家代理　　　　B. 共同代理　　　　C. 参与代理　　　　D. 总代理

E. 分代理

【答案】ABC

4. 房地产开发企业或房地产所有权人，将房屋的出售（租）权单独委托给一家具有房地产经纪资格的机构代理为（　　）。

A. 总代理　　　　　B. 独家代理　　　　C. 单独代理　　　　D. 共同代理

【答案】A

5. 房地产卖方代理主要包括（　　）。

A. 商品房销售代理　　B. 房屋出租代理　　C. 二手房出售代理　D. 房屋承租代理

E. 二手房购买代理

【答案】ABC

6. 房地产参与代理成功后，参与分配代理佣金的有（　　）。

A. 独家代理公司　　　B. 共同代理人　　　C. 房地产经纪人　　D. 开发商

E. 买受人

【答案】ABC

7. 按房屋存在形式可以将房屋出租代理分为（　　）。

A. 房屋承租代理　　　　　　　　　　B. 房屋出租代理

C. 现房出租代理　　　　　　　　　　D. 在建商品房预租代理

E. 商品房先祖后售代理

【答案】CDE

二、房地产代理业务的基本流程

房地产代理业务的基本业务流程具有共性，主要包括的环节有：房地产代理业务开拓、房地产代理业务洽谈、房地产查验、签订房地产代理合同、信息收集与传播、方案设计与推广、买方或承租方看房、房地产交易谈判及合同签订、房地产交易价款收取与管理、房地产权属登记（备案）、房地产交验、佣金结算、售后服务。

房地产代理业务竞争的激烈性，如何开拓业务，争取客户是房地产代理机构生存、发展的关键，也是房地产代理业务开展的前提。代理业务开拓的关键是争取客户。从长远来看，房地产经纪机构必须重视自身的品牌战略，以良好的企业品牌来吸引和稳定客户群，这是业务开拓的根本途径。

业务洽谈时第一要倾听客户的陈述，充分了解客户意图与要求，同时衡量自身接受委托、完成任务的能力。第二，要查清委托人是否对委托事务具备相应的权利，当委托人是自然人时，还必须确认其具有完全民事行为能力。因此，要查验委托人的有关证件，如个人身份证、公司营业执照等。对卖方代理要查清委托房地产的产权证、工程规划许可证、施工许可证、预售许可证等相关资料。此外，要了解委托人的主体资格，生产经营状况及信誉。第三，要向客户告知房地产经纪机构的名称、资格、代理业务优势以及按房地产经纪执业规范必须告知的其他事项。最后，就经纪方式、佣金标准、服务标准以及拟采用的代理合同文本内容等关键事项与客户进行协商，达成委托意向。

房地产查验的目的是使房地产经纪人员对代理的房地产有充分的了解和认识，做到知己知彼，为以后有效进行代理租售打下良好的基础。

▶ 习题精选

1. 房地产经纪人员对委托房地产的物质状况查验的内容有（   ）。

A. 绿地　　　　　　　B. 房屋建筑的结构　　C. 交通

D. 具体位置和形状　　E. 装修情况

【答案】BDE

2. 房地产经纪人员对委托房地产的环境状况查验的内容有（   ）。

A. 绿地　　　　　　　　　　　　B. 房屋建筑的结构

C. 交通　　　　　　　　　　　　D. 具体位置和形状

E. 装修情况

【答案】AC

3. 房地产经纪人员对委托房地产查验的主要内容包括房地产的（   ）。

A. 物质状况　　　B. 权属状况　　　C. 环境状况　　　D. 社会状况

E. 政治状况

【答案】ABC

4. 以下房地产的代理业务中，房地产经纪人不能接收的有（   ）。

A. 经济适用住房　　　　　　　　B. 房改房

C. 权属有争议的　　　　　　　　D. 未取得房地产权证的

E. 房屋被司法或行政机关依法限制和查封的

【答案】CDE

房地产查验的主要内容：

（1）委托房地产的物质状况：包括所处地块的具体位置和形状、面积、房屋建筑的结构、设备、装修情况、房屋建筑的成新。

（2）委托房地产的权属情况：

1）权属的类别与范围：如果是所有权的，要注意如果房地产权属归两人或两人以上所有，该房地产即为共有房地产。对共有房地产的转让和交易，须得到其他共有人的书面同意。如未经其他共有人书面同意，该房地产也不得转让、抵押和租赁，其委托代理业务也不能成立。如果是使用权房，要注意独用成套房与非独用成套住房的差别，而且各地的有关政策规定不尽相同，如售后公房上市的规定，各地就有一定的差异，房地产经纪人必须及时了解这方面的政策动态。对物业权属所覆盖的空间范围（面积和边界）也要予以确认。

2）房地产权属是否清晰，是能否交易的必要前提。对权属有争议的、未取得房地产权证的、房屋被司法或行政机关依法限制和查封的、依法收回房地产权证等的房屋，都不得转让、出租、抵押，因而涉及此类房地产的代理业务不能接收。

（3）房地产他项权利设定情况：即是否设定抵押权、租赁权、权利人、期限确定，其对标的物交易的难易、价格、手续均会产生重大影响。

（4）环境状况：包括标的房地产相邻的物业类型，周边的交通、绿地、生活设施、自然景观、污染情况等。

▶ **习题精选**

1. 房地产经纪人员受理委托代理业务后需要收集的标的物业信息是（　　）。

A. 价格信息　　　　B. 权属状况信息　　　　C. 委托方信息　　　　D. 供求信息

【答案】B

2. 房地产经纪人员受理委托代理业务后需要收集的标的物业信息包括（　　）。

A. 价格信息　　　　B. 权属状况信息　　　　C. 委托方信息　　　　D. 供求信息

E. 环境状况信息

【答案】BE

3. 房地产经纪人员受理委托代理业务后需要收集的与标的物业相关的市场信息包括（　　）。

A. 价格信息　　　　　　　　　　　　B. 权属状况信息

C. 委托方信息　　　　　　　　　　　D. 供求信息

E. 竞争楼盘状况信息

【答案】ADE

4. 制定房地产营销方案，关键要考虑（　　）。

A. 销售过程安排　　　　　　　　　　B. 目标客户群的选定

C. 房地产宣传推广的方式和途径　　　D. 销售人员的选用

E. 房地产的定价

【答案】ABCE

5. 在价格谈判遇到有降价要求的客户时，房地产经纪人员要（　　）。

A. 据理力争，决不妥协降价　　　　　B. 有理有节，在公平基础上使客户满意

C. 对要求降价的客户不予理睬　　　　D. 回避矛盾，有益躲闪

【答案】B

6. 以下不属于房地产经纪机构售后服务内容的有（　　）。

A. 办理产权登记服务　　　　　　　　B. 装修服务

C. 跟踪服务　　　　　　　　　　　　D. 家具配置咨询服务

【答案】A

三、房地产代理合同

据《民法通则》第六十三条的规定，代理是指代理人在代理权限内，以被代理人的名义实施民事法律行为，被代理人对代理人的代理行为承担民事责任。被代理人可以委托代理人处理一项、数项或全部事务。房地产的代理行为属民事代理中的一种特殊形式——商事代理。一般民事代理活动既有采用书面合同形式的，也有采用口头合同形式的，但商事代理活动通常采用书面合同形式。本节讲授的是房地产代理书面合同的形式、特征、内容等。代理行为是受被代理人规定权限限制的行为，委托人没有授权或规定的合同内容代理人就不得超越或无权处理。代理合同的内容以被代理人确定委托代理权限和代理人接受授权为合同的成立条件。

▶ **习题精选**

房地产代理行为属于（　　　）。

A. 商事代理　　　　　B. 行政代理　　　　　C. 刑事代理　　　　　D. 法定代理

【答案】A

第六章

房 地 产 居 间 业 务

一、房地产居间业务的主要类型

房地产居间，是指向委托人报告订立房地产交易合同的机会或提供订立房地产交易合同的媒介服务，并收取委托人佣金的行为。

房地产居间业务的范围相当广泛，几乎可以涉及房地产交易的各种类型，但最主要的房地产居间业务是房地产转让居间和房地产租赁居间。

房地产转让居间是指房地产经纪人为使转让方和受让方达成交易而向双方提供信息和机会的居间业务。转让包括买卖、赠与、交换、遗赠等，但房地产经纪人从事的房地产转让居间业务主要是指房地产买卖居间。房地产买卖可分为新建商品房期房买卖和现房买卖、二手房的买卖。目前房地产买卖居间业务以二手房地产买卖居间业务为主。

房地产租赁居间是指房地产经纪人为使承租方和出租方达成租赁交易而向双方提供信息和机会的居间业务。房地产租赁主要包括：新建商品房的期权预租、新建商品房现房出租、存量房屋的出租和转租。当前房地产租赁居间业务主要还是存量房屋出租居间。

▶ 习题精选

1. 房地产转让包括（　　）。

A. 买卖　　　　　　　B. 赠与　　　　　　　C. 租赁　　　　　　　D. 交换

E. 遗赠

【答案】ABDE

2. 房地产经纪人从事的转让居间业务主要是（　　）居间。

A. 买卖　　　　　　　B. 赠与　　　　　　　C. 遗赠　　　　　　　D. 交换

【答案】A

3. 当前我国房地产买卖居间业务以（　　）买卖居间业务为主。

A. 新建商品房现房　　　　　　　　　　B. 新建商品房期房

C. 二手房　　　　　　　　　　　　　　D. 土地使用权

【答案】C

二、房地产居间业务的基本流程

房地产居间业务开拓→房地产居间业务洽谈→房地产查验→信息的收集与传播→买方或承租方看房→撮合成交→协助房地产权属登记（备案）→房地产交验→佣金结算→售后服务。

（1）业务开拓是具体居间业务开始前的准备工作。业务开拓的主要工作是客户开拓，即争取客户。对于面向大量零散客户的房地产经纪机构而言，房地产居间业务的开拓常常是与店铺的新设或迁址分不开的。

（2）业务洽谈时首先要倾听客户的陈述，充分了解委托人的意图与要求，衡量自身接受委托、完成任务的能力。其次，查验有关证件如身份证明、公司营业执照、房地产权证等相关证明文件，了解委托人的主体资格，生产经营状况及信誉。然后，向客户告知自己及房地产经纪机构的姓名、名称、资格以及按房地产经纪执业规范必须告知的所有事项。最后，双方就居间方式、佣金标准、服务标准以及拟采用的居间经纪合同类型及文本等关键事项与客户进行协商，对委托达成共识，这是居间业务洽谈中最重要的内容。

▶ 习题精选

1. 房地产经纪机构业务开拓的主要工作是（   ）。

A. 房地产查验　　　B. 居间业务洽谈　　　C. 客户开拓　　　D. 房源开拓

【答案】C

2. 房地产居间业务洽谈时，首先是要（   ）。

A. 查验有关证件　　　　　　　　　B. 倾听客户陈述

C. 告知自己机构情况　　　　　　　D. 协商房地产居间服务内容

【答案】B

房地产查验就成为房地产经纪人在签订正式居间合同的前期准备工作。房地产经纪人要对接受委托的房地产的权属状况、文字资料、现场情况等进行查验。查验的主要内容有：

1）房地产的物质状况：包括房地产所处地块的具体位置和形状、朝向、房屋建筑的结构、设备、装修情况、房屋建筑的成新。

2）房地产的权属情况：房地产权属的类别与范围；房地产其他权利设定情况。

3）房地产的环境状况：包括标的房地产相邻的物业类型、周边的交通、绿地、生活设施、自然景观、污染情况等。

▶ 习题精选

房地产居间业务中，房地产经纪人需要查验的房地产物质状况包括（   ）。

A. 周边的交通、绿地、生活设施　　　B. 房地产所处的位置

C. 建筑结构　　　　　　　　　　　　D. 房屋建筑的成新

E. 房地产相邻的物业类型

【答案】BCD

在房地产代理业务中，房地产经纪人要代理委托人办理房地产权属登记备案，但在房地产居间业务中，房地产经纪人不能亲自代理委托人进行房地产权属登记备案，只能协助其办理相关手续。这也是代理和居间的区别。

三、房地产居间合同

（一）房地产居间合同的涵义与性质

居间合同是指居间人向委托人报告订立合同的机会或者提供订立合同的媒介服务，委托人支付报酬的合同。根据居间人所接受委托内容的不同，居间合同可以分为指示居间合同和媒介居间合同。指示居间合同即居间人向委托人报告订约的机会，媒介居间行为则是居间人根据委托人的要求将交易目的相近或相符的双方委托人以媒约方式促成其交易。

房地产居间合同是指以房地产或有关房地产业务为对象，房地产经纪人以自己的名义为他人提供交易信息和机会，通过居间协调，促成交易双方完成交易，房地产经纪人依法取得合理的中介报酬的经营活动。房地产指示居间行为是房地产经纪人向委托人提供房地产的交易信息，包括交易的数量、交易行情、交易方式等使委托人能够选择符合自己交易目的的房地产。

房地产居间合同是以促使交易双方订立合同，达成交易为目的的委托合同。房地产经纪人提供的报告订约是为委托人寻找及指示可以与其订立合同的相对人，房地产经纪人提供订约媒介是介绍双方当事人订立合同。房地产经纪人是中间人，既不能以一方的名义，也不能以自己的名义或为委托人的利益而充当与第三人订立合同的当事人。

（二）房地产居间合同的主要条款

房地产居间合同既可以采用政府机关制订的合同示范文本，也可由交易双方同房地产经纪人三方共同协商制订。房地产居间合同一般要包括以下主要条款：委托人甲（出售、出租方）、居间方、委托人乙（买入、承租方）三者的姓名或名称、住所；居间房地产的坐落与情况；委托事项；佣金标准、数额、收取方式、退赔等条款；合同在履行中的变更及处理；违约责任；争议解决的处理办法；其他补充条款。

▶ **习题精选**

房地产经纪人向委托人提供房地产的交易信息的行为属于（　　　　）。

A. 房地产代理行为　　　　　　　　　B. 房地产指示居间行为
C. 房地产媒介居间行为　　　　　　　D. 房地产行纪行为

【答案】B

第七章

房地产经纪其他业务

一、房地产行纪和房地产拍卖

（一）房地产行纪

行纪又称信托，就是指行纪人受他人委托，以自己的名义代他人购物、从事贸易活动或寄售物品，并取得报酬的法律行为。

目前对房地产行纪尚有争议，也就没有一个统一、明确的定义。现实的房地产市场活动中，类似于房地产行纪的活动也已出现。如房地产经纪机构收购开发商的空置商品房，在未将产权过户到自己名下的情况下，以自己的名义向市场销售。其主要特点是房地产经纪机构与出售房地产的业主自愿达成了一个协议，房地产经纪机构按双方约定的价格向业主支付房款，房地产经纪机构可以自行决定标的房地产的市场出售价格。业内将这种行为称为"包销"。包销具有类似行纪的特点，但与行纪不同的是，有时房地产经纪机构并不以自己的名义向市场出售。行纪行为与房地产居间、代理已有本质区别。主要表现有两点：

（1）房地产经纪机构的角色不同。在房地产居间和代理中，房地产经纪机构都只是促成交易的媒介，本身并不直接从事交易行为；而在包销活动中，不管房地产经纪机构是否以自己的名义与第三人从事房地产交易，其实质上已成为直接进行房地产交易的一个主体。

（2）房地产经纪机构的经济风险不同。房地产居间中，房地产经纪机构并不直接进行交易，纯粹起一种提供信息、牵线搭桥的作用，基本上不承担交易行为的经济风险。房地产代理中，房地产经纪机构受委托人的委托，以委托人的名义与第三人从事交易，由此发生的经济风险由委托人承担。而在包销活动中，不管标的房地产是否能按包销合同所约定的价格售出，房地产经纪机构都必须向房地产业主支付全额房款。这其中潜在的巨大经济风险完全由房地产经纪机构承担。

▶ 习题精选

1. 某房地产经纪公司收购开发商的空置商品房，先不办理产权过户手续，以自己的名义自行销售，此行为类似于（　　）。

A. 代理　　　　　　　B. 包销　　　　　　　C. 行纪　　　　　　　D. 购买

【答案】C

2. 在房地产代理中，房地产经纪人以（　　）的名义从事交易活动。

A. 委托人　　　　　B. 受托人　　　　　C. 自己　　　　　D. 第三者

【答案】B

（二）房地产拍卖

拍卖是指以公开竞价的形式，将特定物品或者财产权利转让给最高应价者的买卖方式。

拍卖的一个最基本原则就是"价高者得"，买受人要以最高应价购得标的物。拍卖必须符合三个条件：有两个以上的买主，要有竞争，价高者得。

拍卖的程序主要分为委托、公告、拍卖、结算和拍卖物交付 5 个过程。

房地产拍卖是一种通过公开竞价的方式将房地产标的卖给最高出价者的交易行为。房地产拍卖也要遵循"价高者得"的基本原则，买受人以最高价购得拍卖的房地产标的物。

房地产拍卖的程序：接受拍卖委托→拍卖房地产标的的调查与确认→接受委托、签订委托拍卖合同书→房地产拍卖底价确定→发布拍卖公告，组织接待竞买人→现场拍卖→产权过户。

▶ 习题精选

1. 拍卖的程序为 (　　)。

A. 委托→公告→结算→拍卖→拍卖物交付

B. 委托→拍卖→公告→结算→拍卖物交付

C. 委托→公告→拍卖→拍卖物交付→结算

D. 委托→公告→拍卖→结算→拍卖物交付

【答案】D

2. 标志房地产拍卖过程最终结束的是 (　　)。

A. 结算结束　　　　　　B. 取得房地产权证

C. 拍卖师击槌成交　　　D. 委托人与买受人签订房地产转让合同书

【答案】B

二、房地产经纪业务中的代办服务

（一）房地产权属登记备案代办

房地产权属登记是保障房地产权利人合法权益的基本手段。按照民法规定，具有完全民事行为能力的权利人（18 周岁以上的成年人或 16 周岁以上不满 18 周岁以自己的劳动收入为主要生活来源的未成年人）可以自行办理房地产权属登记。限制行为能力的人（10 周岁以上的未成年人和不能完全辨认自己行为的精神病人）和无民事行为能力的人（不满 10 周岁的未成年人和不能辨认自己行为的精神病人），可由他们的法定代理人（即监护人）代理登记。由于许多权利人并不了解房地产权属登记过程中所需要的各种前提条件和需准备的资料以及应遵循的程序，因此人们常常委托房地产经纪人代为办理。而且，房地产经纪人可以将自己所承揽的多笔代办业务集中办理，降低每笔登记所耗费的时间和精力。因此这一代办业务受到人们欢迎。

▶ 习题精选

以下可以自行办理房地产权属登记的有 (　　)。

A. 不满 10 周岁的未成年人

B. 10 周岁以上的未成年人

C. 16 周岁以上不满 18 周岁以自己的劳动收入为主要生活来源的未成年人

D. 18 周岁以上的成年人

【答案】CD

（1）初始登记是指依法通过出让、征用、划拨方式获得土地使用权或新建成的房屋的第一次确权登记。房地产初始登记，包括土地使用权初始登记和房屋所有权初始登记。

1）土地使用权初始登记：包括以出让方式取得土地使用权的初始登记和以征用划拨方式取得土地使用权的初始登记。

2）以出让方式取得土地使用权的初始登记要提交以下文件：初始登记申请书；身份证明；土地使用权出让合同；地籍图；土地勘测报告；已付清土地使用权出让金的证明；其他相关证明文件。

3）以划拨方式取得土地使用权的初始登记要提交以下文件：初始登记申请书；身份证明；建设用地批准文件；地籍图；土地勘测报告；其他相关证明文件。

4）新建房屋所有权初始登记。建设部《城市房屋权属登记管理办法》规定，新建的房屋，申请人应当在房屋竣工后的 3 个月内向房地产登记机关申请房屋所有权初始登记。

5）申请房屋所有权初始登记应提交以下文件初始登记申请书；身份证明；土地使用权证；建设用地规划许可证；建设工程规划许可证；施工许可证；房屋竣工验收报告书；其他相关证明文件。

6）国家规定，集体土地上的房屋转为国有土地上的房屋，申请人应当自事实发生起 30 日内向登记机关提交用地证明等有关文件，申请房屋所有权初始登记。

▶ 习题精选

1. 房地产初始登记包括（　　）。

A. 土地所有权初始登记　　　　　　　　B. 土地使用权初始登记

C. 房屋所有权初始登记　　　　　　　　D. 房屋使用权初始登记

E. 房地产他项权利初始登记

【答案】BC

2. 申请办理以出让方式土地使用权初始登记需要提交的文件包括（　　）。

A. 初始登记申请书　　　　　　　　　　B. 身份证明

C. 建设用地批准文件　　　　　　　　　D. 地籍图和土地勘测报告

E. 土地使用权出让合同和已付清土地使用权出让金的证明

【答案】ABDE

3. 申请办理划拨方式土地使用权初始登记需要提交的文件包括（　　）。

A. 初始登记申请书　　　　　　　　　　B. 身份证明

C. 建设用地批准文件　　　　　　　　　D. 地籍图和土地勘测报告

E. 土地使用权划拨合同

【答案】ABCD

4. 新建的房屋，申请人应当在房屋竣工后的（　　）内向房地产登记机关申请房屋所有权初始登记。

A. 15 日　　　　　B. 30 日　　　　　C. 45 日　　　　　D. 3 个月

【答案】D

5. 集体土地上的房屋转为国有土地上的房屋，申请人应当自事实发生起（　　）内向登记机关提交用地证明等有关文件，申请房屋所有权初始登记。

A. 15 日   B. 30 日   C. 45 日   D. 3 个月

【答案】B

(2) 房地产转移登记。转移登记是指经初始登记的房地产因买卖、赠与、继承、交换、转让、分割、合并、裁决等原因致使房地产权利人发生变化的登记。

1) 建设部《城市房屋权属登记管理办法》规定，因房屋买卖、交换、赠与、继承、划拨、转让、分割、合并、裁决等原因致使其权属发生转移的，当事人应当自事实发生之日起30日内申请转移登记。

2) 申请房地产转移登记应提交以下文件：申请书；身份证明；房地产权利证书；证明房地产权属发生转移的文件；其他相关文件。

3) 证明房地产权属发生转移的文件主要有：预售合同、销售合同、买卖合同、赠与书、遗赠书、法院裁决书等。对于继承、赠与、遗赠等按规定要提交公证书的，申请人还必须出具经公证机关公证的公证书。

▶ **习题精选**

1. 因以下原因致使权属发生变更的，应该申请办理转移登记（   ）。

A. 分割   B. 合并   C. 交换   D. 征地

E. 继承

【答案】ABCE

2. 房屋继承，当事人应当自事实发生之日起（   ）日内申请转移登记。

A. 10   B. 15   C. 30   D. 45

【答案】C

3. 证明房地产权属发生转移的文件有（   ）。

A. 预售合同、买卖合同   B. 赠与书、遗赠书

C. 法院裁决书   D. 公证书

E. 销售合同

【答案】ABCE

(3) 房地产变更登记。根据建设部《城市房屋权属登记管理办法》规定，权利人名称变更和房屋现状发生下列情形之一的，权利人应当自事实发生之日起30日内申请变更登记：房屋坐落的街道、门牌号或者房屋名称发生变更的；房屋面积增加或者减少的；房屋翻建的；法律、法规规定的其他情形。

申请房地产变更登记应提交下列文件：变更登记申请书；身份证明；房地产权证书；证明发生变更事实的文件；其他相关文件。

▶ **习题精选**

城市房屋权利人名称变更和房屋现状发生下列（   ）情形的，权利人应当自事实发生之日起30日内申请变更登记。

A. 房屋坐落的街道、门牌号或者房屋名称发生变更的

B. 房屋面积增加或者减少的

C. 因房屋买卖、交换、赠与、继承、划拨、转让、分割、合并、裁决等原因致使其权

属发生转移的

D. 设定抵押权、典权等他项权利的

E. 房屋翻建的

【答案】ABE

(4) 房地产他项权利登记。房地产他项权利登记是指因设定抵押权、典权等他项权利而发生的登记。他项权利人应当自事实发生之日起 30 日内申请他项权利登记。由于房地产典权登记还不很普遍，这里主要介绍房地产抵押权登记。

1) 出让土地使用权抵押登记。以出让土地使用权设定抵押权的，不得违反国家和地方有关土地使用权出让、转让的规定和土地使用权合同的约定。要对当事人身份证明、《土地使用权出让合同》、《房地产抵押合同》、《借款合同》、《国有土地使用证》（或《房地产权证》）的真实性、合法性予以确认。

2) 以预购商品房抵押登记。以买卖合同担保抵押人在将来某一时间取得房屋所有权，以其所预购的商品房作为抵押物。作为抵押物的商品房的房地产开发商应当取得预售许可证，预售合同已经登记备案，《房地产抵押合同》应当真实、合法。

3) 在建工程抵押登记。以在建工程作为抵押物应当在建筑安装总量的投资达到当地政府规定的标准以上才可以进行。设定抵押的在建房屋应出具建设用地批准文件、《国有土地使用证》或《土地使用权出让合同》、《建设工程规划许可证》、《建筑工程承包合同》《抵押合同》、《借款合同》等文件，以担保将来某时间抵押人可取得建成房屋的权利。

4) 现房抵押登记。现房抵押是指抵押人将自己合法拥有的房地产抵押给抵押权人。现房抵押应当出具《房屋所有权证》（或《房地产权证》）、《抵押合同》、《借款合同》。

代办房地产抵押登记注意事项：有营业期限的抵押人，其设定的抵押期限不得超过营业期限；抵押物的土地使用权有年限的，其设定的抵押期限不得超过土地使用权的年限；共同共有的房地产设定抵押的，全体共有人为抵押人；按份共有的房地产，设定的抵押不得超过抵押人的份额；同一抵押物设定二次或二次以上的抵押，登记时应提交前面抵押合同的约定和抵押权人知道抵押状况的书面证明；同一抵押物设定多次抵押的，后一抵押的存续期限不得早于前一个抵押权的存续期限。

▶ 习题精选

1. 房地产抵押登记包括 ( )。

A. 划拨土地使用权抵押登记   B. 出让土地使用权抵押登记

C. 预购商品房抵押登记   D. 现房抵押登记

E. 在建工程抵押登记

【答案】BCDE

2. 办理出让土地使用权抵押登记需要对当事人身份证明、( )的真实性、合法性予以确认。

A. 土地使用权出让合同   B. 房地产抵押合同

C. 借款合同   D. 国有土地使用证或房地产权证

E. 建设工程承包合同

【答案】ABCD

3. 房地产经纪人在受托办理房地产抵押登记时，应当注意的事项有（   ）。

A. 有营业期限的抵押人，其设定的抵押期限不得超过营业期限

B. 抵押物的土地使用权有年限的，其设定的抵押期限不得超过土地使用权的年限

C. 共同共有的房地产设定抵押的，全体共有人为抵押人；按份共有的房地产，设定的抵押不得超过抵押人的份额

D. 同一抵押物设定多次抵押的，前一抵押的存续期限不得早于后一个抵押权的存续期限

E. 同一抵押物设定二次或二次以上的抵押，登记时应提交前面抵押合同的约定和抵押权人知道抵押状况的书面证明

【答案】ABCE

4. 他项权利人应当自事实发生之日起（   ）日内申请他项权利登记。

A. 10   B. 15   C. 30   D. 45

【答案】C

（5）房地产注销登记。因房屋灭失、土地使用权年限届满、他项权利终止等，权利人应当自事实发生之日起30日内申请注销登记。

1）权利人申请注销登记应提交下列文件：申请书；身份证明；房地产权证书；房屋灭失的证明；其他相关文件。

2）同其他登记不同，注销登记除权利人自愿申请外，还可由登记机关强制注销登记。

3）有下列情形之一的，房地产登记机关有权注销房屋权属证书：申报不实的；涂改房屋权属证书的；房屋权利灭失，而权利人未在规定期限内办理房屋权属注销登记的；因登记机关的工作人员工作失误造成房屋权属登记不实的。

4）注销房屋证书，登记机关应当作出书面决定，并送达权利人。

▶ 习题精选

1. 因房屋灭失、土地使用权年限届满、他项权利终止等，权利人应当自事实发生之日起（   ）日内申请注销登记。

A. 10   B. 15   C. 30   D. 45

【答案】C

2. 房地产登记机关有权强制注销房屋权属证书的情形有（   ）。

A. 申报不实的

B. 涂改房屋权属证书的

C. 房屋权利灭失，而权利人未在规定期限内办理房屋权属注销登记的

D. 因登记机关的工作人员工作失误造成房屋权属登记不实的

E. 他项权利终止

【答案】ABCD

3. 需要权利人申请办理房地产注销登记的情形有（   ）。

A. 房屋赠与   B. 房地产抵押

C. 他项权利终止   D. 土地使用权年限届满

E. 房屋灭失

【答案】CDE

（6）房地产文件登记备案：指商品房预售合同及其变更合同、房地产租赁合同、商品房先行交付使用协议、房屋维修、使用公约及物业管理文件，以及其他当事人认为有必要备案、而登记机构准予登记备案的文件的登记备案。

按目前各地房地产登记的法定机构基本设定为各市、区、县房地产登记处。

房地产经纪人员代办登记应当向登记机构提交当事人的委托书。当事人可能是一人或多人。其方式为：

1）可以由当事人一方申请的：以出让、征用、划拨方式取得土地使用权的；新建房屋所有权；继承、遗赠；人民法院、仲裁机构发生法律效力的判决、裁定、裁决的调解；房地产变更登记以及法律、法规的其他情形。

2）需要双方共同申请的：房地产买卖；交换；赠与（遗赠除外）；抵押；设典，以及法律、法规规定的其他情形。

3）两人以上共有的房地产权利，当事人应当同时申请登记。但如果只有共同申请的一方申请，其他不申请的，登记机构可以受理一方申请，并且责成其他方限期办理登记。其他方当事人逾期不办理登记的，登记机构可以核准一方当事人的登记。

▶ **习题精选**

房地产经纪人员代办房地产文件登记备案时，可以由当事人一方委托申请的情形有（　　）。

A. 房地产继承、遗赠的

B. 人民法院、仲裁机构发生法律效力的判决、裁定、裁决的调解

C. 房地产抵押、设典的

D. 房地产买卖、交换的

E. 以出让、征用、划拨方式取得土地使用权和新建房屋所有权的

【答案】ABE

（二）房地产抵押贷款手续代办

房地产抵押贷款的种类。房地产抵押贷款一般涉及两类：房地产开发贷款和个人住房贷款。购房抵押贷款的贷款金额上限一般为所购房价的70%，一般采取分期偿还的方式，贷款期限一般为5～30年。在经济发达国家，购房抵押贷款通常有固定利率抵押贷款、浮动利率抵押贷款等多种类型。目前，个人住房贷款主要有公积金贷款和商业贷款两种基本形式，以及由此两种派生出来的个人住房组合贷款，即公积金贷款与商业贷款的组合，共计3种形式。

▶ **习题精选**

1. 个人住房贷款的形式主要有（　　）。

A. 公积金贷款　　　　　　　　　　　　B. 商业贷款

C. 无息贷款　　　　　　　　　　　　　D. 住房公积金与商业贷款组合贷款

E. 公积金贷款、商业贷款、财政补贴贷款的组合贷款

【答案】ABD

2. 如果单项贷款形式可以满足购房的资金需要，最佳的贷款方式是（　　）。

A. 商业贷款　　　　　　　　　　　　B. 公积金贷款

C. 商业贷款与公积金组合贷款　　　　D. 商业贷款或公积金贷款

【答案】B

贷款方案。房地产经纪人员在为购房者进行个人住房贷款代办服务时，一般需要协助购房者制定合理的贷款方案，贷款方案主要由 3 个要素组成：贷款金额、贷款类型、贷款期限。要考虑购房者的实际经济承受能力，月还款额一般不应超过家庭总收入 30%。还要考虑贷款利率变动所带来的风险，尤其是对贷款期限较长的购房者，房地产经纪人员有必要给予提醒和建议。因为通货膨胀或紧缩的发展趋势等诸多变量都会影响贷款成本和付息总额。

▶ 习题精选

1. 一般来说，购房者家庭月还款额不得超过其家庭总收入的（　　　）。

A. 25%　　　　　　B. 30%　　　　　　C. 35%　　　　　　D. 40%

【答案】B

2. 房地产经纪人为客户办理个人住房贷款方案时，需要考虑的必要要素包括（　　　）。

A. 贷款金额　　　　B. 贷款类型　　　　C. 贷款期限　　　　D. 贷款利率

【答案】ABC

第八章

房 地 产 经 纪 信 息

一、房地产经纪信息的涵义

房地产经纪信息是指反映房地产经纪活动并为房地产经纪活动服务的信息。它通常包括四方面的信息：房源信息、客户信息、房地产市场信息和房地产经纪行业信息。房地产经纪信息由若干要素组成的。一般来讲，房地产经纪信息的基本要素主要有语言要素、内容要素和载体要素三方面组成。

▶ 习题精选

1. 房地产经纪信息通常包括（　　）。

A. 房源信息　　　　　　　　　　　　B. 客户信息

C. 房地产市场信息　　　　　　　　　D. 房地产经纪行业信息

E. 房地产管理信息

【答案】ABCD

2. 房地产经纪信息的基本要素包括（　　）。

A. 语言要素　　　　B. 感官要素　　　　C. 内容要素

D. 载体要素　　　　E. 形式要素

【答案】ACD

信息的性质、作用及时效，是由消息和信号所含的具体内容和意义来决定的。房地产经纪信息既具有一般信息所具有的共同特征，又具有一些自身的个别特征，具体而言，包括以下5个方面：共享性、多维性、积累性、时效性、增值性。

▶ 习题精选

房地产经纪信息集邮的自身个别特征包括（　　）。

A. 共享性与多维性　　　　　　　　　B. 积累性

C. 一次性与约束性　　　　　　　　　D. 增值性

E. 时效性

【答案】ABDE

二、房地产经纪信息管理

（一）房地产经纪信息管理的原则

重视房地产经纪信息的系统性；加强房地产经纪信息的目的性；提高房地产经纪信息的时效性；促进房地产经纪信息的网络化。

▶ 习题精选

1. 房地产经纪活动所需要的信息必须是（　　）。

A. 个别的　　　　　　B. 系统的　　　　　　C. 连续的　　　　　　D. 零星的

E. 大量的

【答案】BCE

2. 房地产经纪信息的管理，应针对房地产经纪活动的（　　）。

A. 动机　　　　　　B. 过程　　　　　　C. 目的　　　　　　D. 收益

【答案】C

3. 房地产经纪信息的管理应该（　　）。

A. 重视房地产经纪信息的完整性和全面性　　　B. 重视房地产经纪信息的系统性

C. 加强房地产经纪信息的目的性　　　D. 提高房地产经纪信息的时效性

E. 促进房地产经纪信息的网络化

【答案】BCDE

（二）房地产经纪信息的搜集

通常可从以下途径进行收集：收集公开传播的房地产经纪信息；从有关单位内部获取房地产经纪信息；现场收集；利用网络获取。

通过网络获取信息主要有以下几条途径：利用互联网收集信息；利用联机系统收集；利用商情数据库收集。

（三）房地产经纪信息的整理

加工整理的程序通常包括鉴别、筛选、整序、编辑和研究这几个环节。

信息通过加工整理之后，通常以表格、图片、文字报告等形式展现出来。其中表格又是最常见的一种。

在房地产经纪机构的客观信息表格中，有一种非常重要的表格——客户登记表。来人登记表是客户资料中最重要的报表。通过来人登记表可以反映客户人数的变化、所属区域变化、产生客户区域变化的原因；可以反映客户需求的变化，变化的原因；可以反映政策的变化导致销售情况的变化以及退户的人数、原因等。

房地产经纪机构根据客观信息和业务活动，分析、研究而产生的新信息，通常以文字与表格相结合的形式来反映。如新楼盘的结案分析，其中会有反映销售过程、进度、业绩的表格和对销售过程中得失的文字分析。

（四）房地产经纪信息的利用

房地产经纪信息是一种资源，只有通过利用才能将这种资源的使用价值发挥出来。收集、加工整理等前期工作都是为最后的利用服务的。

房地产经纪信息的利用主要包括两方面：一是通过信息的发布来影响消费者（如发布房源信息，吸引潜在客户）；二是以信息提供的具体内容来指导具体的业务活动。

▶ 习题精选

1. 房地产经纪信息加工整理的程序通常包括（　　）。

A. 收集、整理、分析、研究和利用　　　B. 收集、鉴别、分析、整理和利用

C. 鉴别、筛选、分析、整理和研究　　　　D. 鉴别、筛选、整序、编辑和研究

【答案】D

2. 客户资料中最重要的报表是（　　）。

A. 成交楼盘（项目）一览表　　　　B. 成交客户状况登记表

C. 来人登记表　　　　D. 客户结构分析表

【答案】C

3. 房地产经纪信息是一种（　　）。

A. 资源　　　　B. 资料　　　　C. 产品　　　　D. 市场

【答案】A

第九章

房地产经纪行业管理

一、房地产经纪行业管理的涵义

房地产经纪行业管理是由有关政府主管部门、房地产中介行业协会对房地产经纪活动的主体、运作方式等实施的管理，其目的在于规范房地产经纪活动，并协调房地产活动中所涉及的各类当事人（如房地产经纪机构、房地产经纪人员、房地产经纪活动服务对象）之间的关系。作为对房地产经纪业这样一个特定行业的行业管理，房地产经纪行业管理具有很强的行业特征。

房地产经纪行业管理也具有很强的专业性。这主要体现在三个方面：对房地产经纪活动主体实行专业资质、资格管理；对房地产经纪人员的职业风险进行管理；重视房地产经纪管理的地域性。

房地产经纪的管理必须十分着重于保证服务过程的规范性。从发达国家和地区的经验来看，对服务过程规范性方面的管理，主要通过以下几方面内容的管理来实现：房地产经纪业执业规范；房地产经纪收费，收费管理的最主要方式是制定具有法律约束力的房地产经纪服务佣金标准（通常是指其相对于房地产交易额的一定比率）；严令禁止房地产经纪机构赚取合同约定的佣金以外的经济利益，如房地产交易差价。

房地产经纪业是以信息为主要资源的服务业。主要表现在：应注重对行业竞争与协作的管理；应注重房地产经纪业的诚信管理；应注重房地产经纪纠纷管理。

▶ 习题精选

1. 房地产经纪行业管理具有很强的（　　）。

A. 专业性　　　　　　　B. 服务性　　　　　　　C. 地域性　　　　　　　D. 风险性

E. 强制性

【答案】ACD

2. 房地产经纪行业管理具有很强的专业性，体现在（　　）。

A. 对房地产经纪活动主体实行专业资质管理

B. 对房地产经纪活动主体实行专业资格管理

C. 对房地产经纪人员的职业风险进行管理

D. 重视房地产经纪管理的地域性

E. 注重房地产经纪业的诚信管理

【答案】ABCD

二、房地产经纪行业管理的作用

房地产经纪行业管理是社会事务管理的一个组成部分，它的基本作用就是维护社会整体利益，即通过管理使房地产经纪活动能符合社会整体规范，并能最大限度地增进社会福利。就目前的情况来看，通过房地产经纪行业管理来规范房地产经纪服务活动，有助于提高房地产有效供给，提高房地产开发效益，可以进一步改善房地产特别是住宅的流通环节，以利于通过市场机制来促进房地产经济活动及其他相关经济活动的效益，从而促进房地产业的发展，提高居民住宅消费的总体质量水平。

房地产经纪行业管理作为一种行业管理，可以协调行业内部各类主体之间以及行业与社会其他主体之间的关系，促进行业整体的高效运作和持续发展，维护和提高行业的整体利益。从发达国家和地区的实践情况来看，房地产经纪行业管理较好的地方，房地产经纪行业的经济效益较高，其从业人员的社会形象和社会地位也较高，整个行业的发展也比较快。反之，房地产经纪行业管理水平欠佳的地方，房地产经纪行业的经济收益就较低，其从业人员的社会形象和社会地位也较低，行业发展的障碍也较多。

▶ **习题精选**

房地产经纪行业是以（　　）为主要资源的服务业。

A. 技术　　　　　　B. 信息　　　　　　C. 资本　　　　　　D. 人才

【答案】B

三、房地产经纪行业管理的基本模式

所谓管理模式即由管理主体、管理手段和机制所组成的动态系统，不同管理模式之间在系统组成要素（如管理主体、管理手段）、系统结构、运作流程上存在着差异。房地产经纪行业管理主要有以下3种模式：行政主管模式、行业自管模式、行政与行业自律并行管理模式。3种模式的主要区别是管理主体及其因主体不同而导致的管理手段有所不同。就房地产经纪行业管理的内容来看，政府行政主管部门和行业协会这两类不同性质的主体，对不同管理内容的胜任度也是不同的。因此，双重主体的管理模式通常比单一主体的管理模式更能适应房地产经纪行业管理的多重要求，因而管理效果更好。

▶ **习题精选**

房地产经纪行业管理模式主要有（　　）。

A. 行政主管模式　　　　　　　　　　　B. 行业自管模式

C. 市场管理模式　　　　　　　　　　　D. 行政与行业自律管理并行模式

E. 市场管理与行业自律管理并行模式

【答案】ABD

四、房地产经纪行业协会

房地产经纪行业协会是房地产经纪人员的自律性组织，是社团法人。房地产经纪行业协会不是行政机构，它的设立主要是遵循按需设立的原则。全国和地方及地方之间的房地产经纪行业协会之间并不是上下级的隶属关系。

房地产经纪人员一经取得房地产经纪人协理从业资格或房地产经纪人执业资格并经申请执业，即可申请成为行业协会会员，享有章程赋予的权利，履行章程规定的义务。房地产经纪行业协会章程对房地产经纪人并不具有强制约束力，房地产经纪协会章程对参加协会的经纪人员具有强制约束力。

行业协会履行下列职责：保障经纪人员依法执业，维护经纪人员合法权益；组织总结、交流经纪人员工作经验；组织经纪人员业务培训；组织经纪人员开展对外交流；进行经纪人员职业道德和执业纪律教育、监督和检查；调解经纪人员之间在职业活动中发生的纠纷；按照章程规定对经纪人员给予奖励或处分；法律、法规允许的其他职责。

制定自律性的行业规则是房地产经纪行业协会实施行业管理的重要手段。

行业规则是公约，而不是国家法律法规和规章条例。行业规则的产生履行了一定的程序，即通过行业协会理事会审议而形成的自律性的规范要求和运作准则。因此，具有广泛的群众性和民主性，集中体现了业内人员的共同意志。行业规则具有约束力，这是因为它首先符合国家和政府的法律法规，法律法规对公民、法人有普遍的约束力；其次，行业规则是行业内各单位之间的一种平等约定，这种约定体现了共同的意愿。行业规则中作出的共同遵守行业规则的承诺，即是对各经纪单位自律管理的约束。行业规则的约束力表现在：违反行业规则，一要受到行政管理部门的依法处罚；二要受到行业协会的通报批评。行业规则除依赖于法律外，主要是运用道德调整的功能来规范经纪人员的执业行为。对房地产经纪人员提出职业道德的要求，是行业规则一个显著的特点。以职业道德为调整手段，主要是调整两个方面的关系：一是调整同一职业内部人们之间的关系；二是调整职业与职业之外对象之间的关系。只有坚持执业规范，弘扬职业道德，才能确保向社会和公众提供优质、高效的服务，才能使房地产经纪活动纳入规范化、法制化的轨道，并进而推动整个房地产经纪行业的健康发展。

▶ **习题精选**

1. 房地产经纪行业协会是房地产经纪人员的自律性组织，是（　　）法人。
A. 政府　　　　　　　B. 事业单位　　　　C. 企业　　　　　　D. 社团
【答案】D

2. 房地产经纪行业协会是房地产经纪人员的自律性组织，是（　　）。
A. 行政机构　　　　　B. 事业单位法人　　C. 企业法人　　　　D. 社团法人
【答案】D

3. 房地产经纪协会章程对（　　）具有强制约束力。
A. 取得房地产经纪人职业资格证书的人员
B. 参加房地产经纪人协会的人员
C. 参加房地产经纪人职业资格考试的人员
D. 通过房地产经纪人职业资格证书并注册的人员
【答案】B

4. 房地产行业规则属于（　　）。
A. 法律　　　　　　　B. 行政法规　　　　C. 部门规章　　　　D. 公约
【答案】D

5. 房地产行业规则主要运用（　　）调整的功能来规范房地产经纪人员的执业行为。
A. 法律　　　　　　　B. 道德　　　　　　C. 准则　　　　　　D. 规章
【答案】B

五、房地产经纪行业管理的主要内容

（1）房地产经纪行业年检与验证管理。由房地产经纪主管部门会同工商行政主管部门定期对房地产经纪机构及房地产经纪人进行年检和验证工作，对不符合资质、资格条件的，逐步进行清理和整顿。房地产行政管理部门对房地产经纪行业的年检、验证管理实行定期、集中审查式的监督管理，具有时间固定集中、检查面广、检查内容全面等特点，具有其他监督管理方式不可替代的作用。概括的说，年检与验证管理是一种制度化的，兼备确认、检查、处罚及综合考察、评价等功能的监督管理，是行业管理体系中的重要组成部分。首先，年检与验证管理有利于监督房地产经纪机构及时办理变更登记；其次，年检与验证管理有利于房地产经纪机构的准确统计；第三，年检与验证管理有利于对房地产经纪机构进行综合检查、分析和评价。

年检主要是检查房地产经纪组织经营业务范围、注册地点、注册资金、持证从业人员是否有变动，以及在房地产经纪活动中是否遵纪守法，是否接受注册、备案等管理。

▶ **习题精选**

1. 定期对房地产经纪机构及房地产经纪人的年检和验证工作由（　　）进行。

A. 房地产经纪主管部门

B. 工商行政主管部门

C. 土地行政主管部门

D. 房地产经纪主管部门会同工商行政主管部门

【答案】D

2. 房地产行业年检与验证管理有利于（　　）。

A. 强化政府职能，对房地产经纪行业集权管理

B. 发现房地产经纪活动的问题和制约因素

C. 对房地产经纪机构进行综合检查、分析和评价

D. 房地产经纪机构的准确统计

E. 监督房地产经纪机构及时办理变更登记

【答案】CDE

3. 房地产行业年检主要检查的内容包括（　　）。

A. 房地产经纪组织经营业务范围、注册地点、注册资金

B. 持证从业人员是否有变动

C. 在房地产经纪活动中是否遵纪守法

D. 是否接受注册、备案

E. 房地产经纪收费是否稳定增长

【答案】ABCD

（2）房地产经纪纠纷规避及投诉受理。从现实经济生活看，房地产经纪活动中常见的纠纷类型主要有：①缔约过失造成的纠纷。主要是由于经纪人与委托人在签订合同前未进行最充分的协商，在合同中缺乏主要条款，或由于经纪人在缔约前未充分履行告知责任或故意夸大承诺，在订立合同时又故意对自身义务条款"缩水"，从而引发纠纷。②合同不规范造成的纠纷。如由于房地产交易行为与经纪行为混淆，居间行为与代理行为混淆，权利义务不

等，主要条款欠缺等，给经纪人角色错位，侵害委托人权益提供了条件。③服务标准与收取佣金标准差异造成的纠纷。

房地产经纪纠纷是房地产经纪行业运行的社会成本。大量的房地产经纪纠纷不仅会降低社会的整体福利，还会影响房地产经纪行业自身的运行效率和发展前景。目前，中国房地产经纪行业主管部门主要可以通过以下来规避房地产经纪纠纷的手段有：制订示范合同文本；制订服务标准，明确服务要求和内容；加强对房地产经纪合同的监督管理。

▶ **习题精选**

1. 从现实经济生活看，房地产经纪活动中常见的纠纷类型主要有（　　）。

A. 缔约过失造成的纠纷

B. 合同不规范造成的纠纷

C. 服务标准与收取佣金标准差异造成的纠纷

D. 法律法规不明确造成的纠纷

E. 政府干预造成的纠纷

【答案】ABC

2. 房地产经纪纠纷是房地产经纪行业运行的（　　）。

A. 经济成本　　　　B. 社会成本　　　　C. 机会成本　　　　D. 私有成本

【答案】B

3. 避免房地产经纪纠纷的根本途径是（　　）。

A. 加强房地产经纪行业自律，强化政府监督

B. 提高佣金标准，补偿纠纷损失

C. 提高房地产经纪人员的职业道德，加强房地产经纪机构的自身管理

D. 提高房地产经纪人的进入门槛，增加房地产经纪人资格考试的难度

【答案】C

4. 我国房地产经纪行业主管部门主要可以通过用来规避房地产经纪纠纷的手段有（　　）。

A. 制定示范合同文本

B. 制定服务标准，明确服务要求和内容

C. 加强对房地产经纪合同的监督管理

D. 制定房地产经纪人员准入管理制度

E. 强化房地产经纪机构准入管理制度

【答案】ABC

（3）房地产经纪收费管理。对房地产经纪服务费的管理主要是从是否符合收费标准和是否明码标价两个方面进行管理。凡违规行为，将受到相应的处罚。此外，在房地产经纪活动中，禁止房地产经纪机构、房地产经纪人员通过隐瞒房地产交易价格等方式，获取佣金以外的收益。

（4）房地产经纪行业信用管理。房地产信用档案的建立范围是房地产开发企业、房地产中介服务机构、物业管理企业和房地产估价师、房地产经纪人、房地产经纪人协理等专业人员。房地产信用档案的内容包括基本情况、业绩及良好行为、不良行为等。

全国房地产信用档案系统建设由建设部统一部署，各级建设（房地产）行政主管部门负责组织所辖区内所有房地产企业及执（从）业人员信用档案系统的建设与管理工作。建设部组织建立全国资质一级房地产企业及执业人员信用档案（简称"一级房地产信用档案"）系统。资质二级（含二级）以下的房地产企业和执（从）业人员的信用档案（简称为"二级房地产信用档案"）系统，由地方建设（房地产）行政主管部门组织建立。

▶ 习题精选

1. 建立房地产信用档案的机构范围包括（　　）。
A. 房地产开发企业　　　　　　　　B. 房地产中介服务机构
C. 房地产投资机构　　　　　　　　D. 房地产金融机构
E. 物业管理企业
【答案】ABE

2. 纳入房地产信用档案管理范围的人员包括（　　）。
A. 房地产咨询人员　　　　　　　　B. 房地产估价师
C. 房地产经纪人　　　　　　　　　D. 房地产经纪人协理
E. 房地产投资商
【答案】BCD

3. 组织建立一级房地产企业和人员的信用档案系统的机构是（　　）。
A. 建设部　　　　　　　　　　　　B. 国家工商总局
C. 国土资源部　　　　　　　　　　D. 房地产行业协会
【答案】A

六、房地产经纪职业规范

房地产经纪活动应当遵循自愿、平等、诚实信用的原则，房地产经纪人员应恪守职业规范和职业道德。

房地产经纪活动首先是一种民事行为，是一种中介活动。坚持诚实信用的原则对于从事中介活动的房地产经纪人员来说是必须遵循的准则。

（1）房地产经纪基本职业规范。

告示责任：房地产经纪机构及分支机构应当在经营场所公示下列内容：营业执照；房地产经纪机构备案的证明；房地产经纪人员的职业资格注册情况；佣金标准及国家关于佣金的有关规定；服务内容、服务标准、职业规范及投诉电话等；主管部门制订的房地产经纪合同示范文本。

告知责任：房地产经纪机构在接受委托时，应当由房地产经纪人向委托人书面告知下列与委托业务相关的事项：委托项目相关的市场行情、可选择的房地产交易方式；法律、法规和政策对房地产交易的限制性、禁止性规定；应由委托人协助的工作、提供的必要文件和证明；房地产交易应办理的手续、应由委托人缴纳的税费以及房地产经纪机构可为委托人代办的事项；交易物在权属、质量、安全、环境等方面存在的瑕疵及可能产生的法律后果；发票的样式和内容；经纪业务完成的标准。

房地产经纪合同：房地产经纪合同应当包括下列主要内容：经纪事项及其服务要求和标准；合同当事人的权利、义务；合同履行的期限；佣金的支付标准、数额、时间；交易物质量、安全状况及责任约定；违约责任和纠纷解决方式；双方约定的其他事项。

重要文书署名：房地产经纪合同和书面告知材料等重要文书应当由房地产经纪机构授权的房地产经纪人签章，并在文书上注明其所持的《中华人民共和国房地产经纪人注册证》的编号。

佣金：房地产经纪机构依照合同约定向委托人收取佣金，应开具发票。

经纪业务的承接：房地产经纪业务应当由房地产经纪机构承接。房地产经纪人员不得以个人名义对外承接房地产经纪业务和收取任何费用。

经纪人员的职业范围：房地产经纪人经所在房地产经纪机构授权，可以独立开展房地产经纪活动。房地产经纪人协理在所在房地产经纪机构的房地产经纪人指导下，可以协助开展房地产经纪活动。房地产经纪人员不得同时在2个及以上房地产经纪机构从事房地产经纪活动。

回避制度：为保持经纪活动的公正性，在房地产经纪活动中，房地产经纪人员与房地产交易一方当事人有利害关系的，房地产经纪人员应当回避，但征得另一方当事人同意的除外。

▶ 习题精选

1. 房地产经纪活动应当遵循（   ）的原则，房地产经纪人员应恪守执业规范和职业道德。

A. 自愿　　　　　　　B. 平等　　　　　　　C. 诚实信用

D. 安全无风险　　　　E. 佣金最大化

【答案】ABC

2. 房地产经纪机构及分支机构应当在经营场所公示的内容有（   ）。

A. 组织结构及组成人员

B. 营业执照或房地产经纪机构备案的证明

C. 房地产经纪人员的职业资格注册情况

D. 服务的内容、标准、规范及投诉电话

E. 管部门制订的房地产经纪合同示范文本

【答案】BCDE

3. 房地产经纪机构在接受委托时，应当由房地产经纪人向委托人书面告知的与委托业务相关的事项有（   ）。

A. 委托项目相关的市场行情、可选择的房地产交易方式、经纪业务完成的标准

B. 法律、法规和政策对房地产交易的限制性、禁止性规定

C. 房地产经纪机构及职业人员的信用档案记载情况

D. 房地产交易应办理的手续、应由委托人缴纳的税费以及房地产经纪机构可为委托人代办的事项及应由委托人协助的工作、提供的必要文件和证明

E. 交易物在权属、质量、安全、环境等方面存在的瑕疵及可能产生的法律后果及发票的样式和内容

【答案】ABDE

（2）房地产经纪活动中的争议处理。在履行房地产经纪合同过程中，因房地产经纪人员或其所在的房地产经纪机构的故意或过失，给当事人造成经济损失的，均由房地产经纪机

构承担赔偿责任。房地产经纪机构在向当事人进行赔偿后，可以向有关责任人追偿全部或部分赔偿费用。当事人之间对房地产经纪合同的履行有争议的，可以通过以下方式处理：当事人双方本着平等自愿的原则协商解决；如双方协商不成，可以向有关政府管理部门投诉，由其从中进行调解；如经调解不能达成协议，双方可以按照合同中的有效仲裁条款进行处理。合同中没有仲裁条款的可以另行达成仲裁协议，根据仲裁协议向所选择的仲裁委员会申请仲裁，仲裁裁决为终局裁决。合同中无仲裁条款的，可以向不动产所在地人民法院提起诉讼。

▶ **习题精选**

1. 在履行房地产经纪合同过程中，因房地产经纪人员或其所在的房地产经纪机构的故意或过失，给当事人造成经济损失的，均由（　　）承担赔偿责任。

A. 责任房地产经纪人　　　　　　　　B. 房地产经纪机构

C. 房地产经纪人　　　　　　　　　　D. 房地产经纪人协会

【答案】B

2. 当事人之间对房地产经纪合同的履行有争议的处理方式有（　　）。

A. 当事人双方本着平等自愿的原则协商解决

B. 如双方协商不成，可以向有关政府管理部门投诉，由其从中进行调解

C. 如经调解不能达成协议，双方可以按照合同中的有效仲裁条款进行处理；合同中没有仲裁条款的可以另行达成仲裁协议，根据仲裁协议向所选择的仲裁委员会申请仲裁，仲裁裁决为终局裁决

D. 房地产经纪机构自行解除合同

E. 合同中无仲裁条款的，可以向不动产所在地人民法院提起诉讼

【答案】ABCE

（3）房地产经纪活动中的禁止行为。在房地产经纪活动中，房产经纪机构、房地产经纪人员不得有下列行为：明知交易物或交易方式属法律法规所禁止的范围，仍提供房地产经纪服务的；通过隐瞒房地产交易价格等方式，获取佣金以外收益的；隐瞒重要事实或虚构交易机会、提供不实信息和虚假广告的；用欺诈、贿赂等不正当手段促成房地产交易的；与他人串通，恶意损害委托人利益，或胁迫委托人交易的；泄露委托人商业秘密或利用委托人商业秘密牟取不正当利益的；出租、出借房地产经纪人员职业资格证书、注册证或允许他人以自己的名义从事房地产经纪活动；法律、法规禁止的其他行为。

▶ **习题精选**

以下属于房地产经纪活动中的禁止行为的有（　　）。

A. 房地产经纪人协理协助房地产经纪人处理房地产经纪业务并获取报酬

B. 通过隐瞒房地产交易价格等方式，获取佣金以外收益的

C. 与他人串通，恶意损害委托人利益，或胁迫委托人交易的

D. 用欺诈、贿赂等不正当手段促成房地产交易的

E. 出租、出借房地产经纪人员职业资格证书、注册证或允许他人以自己的名义从事房地产经纪活动

【答案】BCDE

（4）房地产经纪违规执业的法律责任。房地产经纪人违规执业，按照其违反规定的性质不同及所承担法律责任和方式的不同，可以分为民事责任、行政责任和刑事责任3个方面。

民事责任是指进行了民事违法行为的人在民法上承担的对其不利的法律后果。根据民事违法行为所侵害的权利的不同，民事责任主要可以分为违约责任和侵权责任。这种区分是民事责任最根本的区分。

违约责任是当事人因违反合同义务而应承担的民事责任。违约责任是以有效合同为前提，合同未成立或者成立后无效、被撤销的，纵使当事人有过失也无违约责任可言。违约责任的构成要件，一是必须有违约行为，二是无免责事由。

违约行为包括履行不能、履行迟延、履行不当和履行拒绝四种情况。

免责事由包括：不可抗力；自己有过失；约定免责事由。但根据合同法规定约定造成对方人身伤害，及因故意或重大过失造成的对方财产损失的免责条款为无效。

承担违约责任的方式主要有：强制实际履行；违约金；损害赔偿。赔偿的范围包括实际损失和预期利益损失，但预期利益不得超过违约人缔约时预见到或可能预见到违约可能造成的损失。在当事人违约行为侵害对方人身或财产的，对方有请求违约损害赔偿或侵权赔偿的选择权。

在合同未成立或成立后无效、被撤销，无法请求违约责任的情况下，在合同成立以前缔约上有过失的一方应承担缔约过失责任。缔约过失责任虽不属于违约责任，但与合同有关，属于合同责任。缔约过失责任的条件是：当事人一方违反先合同义务，如告知、注意、保密等义务；当事人一方有过失；另一方有损失。缔约过失责任的赔偿范围以实际损失为原则。

侵权责任是指侵犯经纪合同所约定的债权之外的其他权利而应承担的民事责任。侵权责任的构成要件一是有侵权行为，二是无免责事由。

侵权行为的构成要件有：行为违法；有损害事实（损害包括财产损害和人身损害。财产损害又包括积极损害和消极损害）；违法行为与损害事实之间有因果关系；主观过错。

免责事由包括：① 阻却违法性事由，包括正当防卫和紧急避险。② 不可抗力。③ 受害人过错。

承担侵权责任的主要方式有：① 停止侵害。② 排除妨碍。③ 消除危险。④ 返还财产。⑤ 恢复原状。⑥ 赔偿损失。⑦ 消除影响、恢复名誉。⑧ 赔礼道歉。

▶ 习题精选

1. 房地产经纪人违规执业，按照其违反规定的性质不同及所承担法律责任和方式的不同，可以分为（　　）。

A. 民事责任　　　　　　B. 行政责任　　　　　　C. 刑事责任　　　　　　D. 经济责任

E. 管理责任

【答案】ABC

2. 根据民事违法行为所侵害的权利的不同，民事责任主要可以分为（　　）。

A. 违约责任和侵权责任　　　　　　　　　B. 过失责任和有意责任

C. 免责责任和无免责责任　　　　　　　　D. 法律责任和民间责任

【答案】A

3. 以下关于违约责任的说法中，正确的有（　　）。

A. 违约责任是当事人因违反合同义务而应承担的民事责任

B. 违约责任是以有效合同为前提

C. 合同未成立或者成立后无效、被撤销的，纵使当事人有过失也无违约责任可言

D. 违约责任的构成要件，有违约行为

E. 违约行为包括履行不能、履行迟延、履行不当和履行拒绝四种情况

【答案】ABCE

4. 甲委托乙出卖房产，而在合同期内甲私自将房产出售于丙，甲的行为已经构成（　　）。

A. 一般侵权行为 　　　　　　　　B. 特殊侵权行为

C. 预期违约 　　　　　　　　　　D. 履行不当

【答案】C

5. 承担违约责任的方式主要有（　　）。

A. 强制实际履行 　　　B. 违约金 　　　C. 损害赔偿

D. 恢复原状 　　　　　E. 返还财产

【答案】ABC

6. 侵权行为的构成要件包括（　　）。

A. 行为违法 　　　　　　　　　　B. 有损害事实

C. 违法行为与损害事实之间有因果关系 　　D. 主观过错

E. 有免责事由

【答案】ABCD

7. 承担侵权责任的主要方式有（　　）。

A. 赔偿损失 　　　　　B. 恢复原状 　　　C. 强制实际履行

D. 返还财产 　　　　　E. 排除妨碍

【答案】ABDE

（5）行政处罚的种类包括：警告、罚款、没收违法所得和非法财物、责令停产停业、暂扣或者吊销许可证（房地产经纪人执业资格证书、房地产经纪人协理从业资格证书、房地产经纪人注册证）、暂扣或者吊销营业执照、行政拘留和法律、行政法规规定的其他行政处罚。

1）房地产经纪机构聘用无职业资格人员或者虽有房地产经纪人员资格但未通过本机构办理注册手续的人员从事房地产经纪活动的；或房地产经纪机构的专职房地产经纪人员数量不足而开展房地产经纪活动的；或房地产经纪机构未经备案从事房地产经纪活动的；或房地产经纪机构实施了禁止行为的，由房地产管理部门给予警告、责令改正，可以并处3万元以下罚款；对该机构负有直接责任的主管人员和其他直接责任人员，可以处以1万元以下罚款。

2）房地产经纪机构不在经营场所告示或告示不清的，由房地产管理部门给予警告，责令改正，可以并处3000元以下罚款。

3）未办理注册手续擅自从事房地产经纪活动的，由房地产管理部门责令停止房地产经纪活动，暂停行为人注册2年，并可处以1万元以下罚款；情节严重的，由证书颁发机构注

销其职业资格并收回职业资格证书或公告作废。

4）房地产经纪人员不履行告知义务或告知不清，严重损害委托人利益的，由房地产管理部门责令改正，可以并处1万元以下罚款；情节严重的，由注册管理机构注销其注册，并收回注册证书或公告注册证书作废。

5）房地产经纪人员实施禁止行为的，由房地产管理部门责令改正，可以并处3万元以下罚款；情节严重的，由注册管理机构注销其注册，并收回注册证书或公告注册证书作废。

6）行政管理部门的工作人员在房地产经纪活动监督管理中，玩忽职守、滥用职权、徇私舞弊、索贿受贿的，尚不构成犯罪的，依法给予行政处分。

房地产经纪人和房地产经纪机构在经营活动中，触犯刑法的，应当追究有关责任人的刑事责任。已经由行政机关处理的，行政机关应及时移送司法机关处理。

▶ **习题精选**

1. 房地产经纪机构不在经营场所告示或告示不清的，由房地产管理部门给予警告，责令改正，可以并处（　　）元以下罚款。

A. 3000　　　　　　B. 10000　　　　　　C. 30000　　　　　　D. 50000

【答案】A

2. 房地产经纪人员实施禁止行为的，由房地产管理部门责令改正，可以并处（　　）元以下罚款。

A. 3000　　　　　　B. 10000　　　　　　C. 30000　　　　　　D. 50000

【答案】C

3. 房地产经纪人员不履行告知义务或告知不清，严重损害委托人利益的，由房地产管理部门责令改正，可以并处（　　）元以下罚款。

A. 3000　　　　　　B. 10000　　　　　　C. 30000　　　　　　D. 50000

【答案】B

4. 发生了以下行为，房地产管理部门给予警告、责令改正，可以并处3万元以下罚款的情形有（　　）。

A. 房地产经纪机构聘用无职业资格人员或者虽有房地产经纪人员资格但未通过本机构办理注册手续的人员从事房地产经纪活动的

B. 房地产经纪机构的专职房地产经纪人员数量不足而开展房地产经纪活动的

C. 房地产经纪机构未经备案从事房地产经纪活动的

D. 房地产经纪机构实施了禁止行为的

E. 房地产经纪机构不在经营场所告示或告示不清的

【答案】ABCD

第十章

中国港台地区房地产经纪业

一、中国香港地区房地产经纪业

(一) 香港房地产经纪业的基本制度

房地产经纪公司在香港被称为地产代理公司,房地产经纪行业被称为地产代理业。

1. 执业资质与教育训练制度

牌照制度:所有地产代理机构均须取得牌照方可营业,牌照的种类可分为三大类:地产代理(个人)牌照、地产代理(公司)牌照、营业员牌照。

(1) 地产代理(公司)牌照:从事地产代理的公司必须持有地产代理(公司)牌照方可营业。一个地产代理人可以作为所有者,持有多家地产代理公司的牌照,但是,一个持有地产代理(个人)牌照的经纪人在同一时间只能担任一家地产代理公司的经理。拥有地产代理(个人)牌照也是作为地产代理公司的各分支机构负责人的一个基本条件。一家一人公司的所有者必须同时拥有地产代理(公司)和代理(个人)牌照。

(2) 地产代理(个人)牌照:无论是以独资经营者、合伙人、管理公司具体业务的董事的身份,还是以地产代理业务经理的身份从事房地产代理工作的人都必须获得地产代理(个人)牌照。

(3) 营业员牌照:获得一张营业员牌照是地产代理机构从业人员最起码的从业条件。任何受雇于地产代理机构,担任营业员的人士除非已持有房地产代理(个人)牌照,否则必须有营业员牌照。营业员只能在地产代理人的监督下从事房地产经纪工作,其雇主须对他的工作负责。

地产代理及营业员资格考试由香港考试局委托地产监管局代行举办,每年举办3次。

为提高业内从业人员的业务水平,香港多家高等院校及职业培训机构特意举办地产代理和营业员的培训课程。

2. 佣金制度

在香港,目前市场上一般佣金的收费为楼价的1%,地产代理人和营业员应当在交易前与买卖双方商定佣金收费,以减少发生争执的可能性。

3. 纠纷处理制度

香港地产代理活动中出现的纠纷,主要由监管局负责处理。此外,消费者委员会、警方及廉政公署也可处理在购买或租赁物业过程中出现的纠纷。情节比较严重的纠纷,也可直接诉诸法律。

4. 信誉及风险赔偿制度

香港房地产经纪业已基本建立了告知制度,规定地产代理人有义务提供以下资料:权属及登记文件、物业的建筑面积、使用面积、允许用途、落成年份、权利及业主声明(说明他曾否未经任何许可进行了扩建、改建及新业主是否需要承担什么特定的费用,如公共建筑的改建或修建工程的摊派费或其他费用)等。此外,房地产中介代理机构在发布广告时,需在广告中说明房地产代理机构的认可名称、牌照号码及地址等。

▶ **习题精选**

1. 香港地产代理机构牌照包括 (   )。

A. 地产代理(公司)牌照
B. 地产代理(个人)牌照
C. 营业员牌照
D. 经纪人牌照

【答案】AB

2. 在香港,地产代理机构从业人员最起码的从业条件是获得 (   )。

A. 地产代理(个人)牌照
B. 地产代理(公司)牌照
C. 营业员牌照
D. 经纪人牌照

【答案】C

3. 在香港,作为地产代理公司的各分支机构负责人的一个基本条件是拥有 (   )。

A. 地产代理(个人)牌照
B. 地产代理(公司)牌照
C. 营业员牌照
D. 经纪人牌照

【答案】A

4. 在香港,以下从事地产代理业务的人员中,必须获得地产代理(个人)牌照的是
(   )。

A. 地产代理业务经理
B. 管理公司具体业务的董事
C. 独资经营者
D. 合伙人
E. 地产代理机构从业人员

【答案】ABCD

5. 香港地产代理及营业员资格考试每 (   )。

A. 3年举办1次
B. 2年举办1次
C. 1年举办2次
D. 1年举办3次

【答案】D

6. 香港市场上一般地产代理收费为楼价的 (   )。

A. 1%
B. 1.5%
C. 3%
D. 4%

【答案】A

(二)香港房地产经纪业的行业管理

1. 行业管理主体

地产代理监管局是香港专门管理房地产经纪行业的政府机构,主要负责颁发牌照和行政管理的工作。

香港地产代理业的商会多达5个,分别为香港地产代理商协会、香港地产代理专业协会、地产代理联会、新界地产代理商总会和香港专业地产顾问商会。

2. 行业管理的主要内容

设定代理机构和地产代理人从事代理活动的基本资质;建立监察机构;主要立法文件。

（三）香港房地产经纪机构及业务运作

从组织形式来看，香港地产代理机构主要有两类：一类是独立于发展商的地产代理机构。另一类是指从属于某一发展商的地产代理机构，此类机构的主要特点是：

从业务类型来看，香港地产代理机构大体上可分为4种：以房地产投资决策服务为重点的顾问型专业中介代理；以租售代理为重点的实业型专业性中介代理；全面发展的综合性房地产中介代理；管理型房地产中介代理。

香港的地产代理公司内部一般都有较为严格的等级制度。员工所处的级次与他在机构从业的资历、业绩、能力等因素有关，但主要是业绩，其次是能力。

▶ 习题精选

1. 在香港，地产代理人有义务提供的资料有（   ）。

A. 权属及登记文件   B. 物业的建筑面积、使用面积、落成年份

C. 权利及业主声明   D. 物业的允许用途

E. 业主的身份及其职业

【答案】ABCD

2. 根据香港《地产代理条例》的规定，在地产代理活动中出现的纠纷，主要由（   ）负责处理。

A. 地产监管局   B. 地产代理协会   C. 地方法院   D. 消费者协会

【答案】A

3. 香港地产代理牌照的发放机构是（   ）。

A. 地产代理监管局   B. 地产代理专业协会

C. 地产代理联会   D. 地产代理商协会

【答案】A

4. 从业务类型划分，香港地产代理机构大体上可以分为（   ）。

A. 顾问型专业中介代理   B. 实业型专业性中介代理

C. 综合性房地产中介代理   D. 管理型房地产中介代理

E. 独立于发展商的地产代理机构

【答案】ABCD

5. 香港的地产代理公司内部员工所处的级次最主要的决定因素是（   ）。

A. 资历   B. 学历   C. 业绩   D. 能力

【答案】C

二、中国台湾地区房地产经纪业的基本制度

1. 执业资质与教育训练制度

台湾地区经纪业包括中介业务和代销业务两种类型。中介业务指从事不动产买卖、互易、租赁之居间或代理业务。代销业务指受起造人或建筑业之委托，负责企划并代理销售不动产之业务。经纪业不得雇用未具备经纪人员资格者从事中介或代销业务。经纪业设立的营业处所，至少应设置经纪人1名。营业处所经纪营业员超过20名时，应增设经纪人1名。经纪业者在办妥申报登记后，需加入登记所在地的同业公会后方得营业，并应于6个月内开始营业；逾期未开业者，由主管机关撤销其许可。根据经纪业的业务性质，分别组织中介经

纪业或代销经纪业的同业公会。

台湾地区房地产经纪人员以前设有中介主任、中介专员两个层次，现于《不动产经纪业管理条例》中对经纪人员规定为经纪人和经纪营业员两种身份。经纪人的职务为执行中介或代销业务，并由经纪业指派取得签订有关契约的权力；经纪营业员的职务为协助经纪人执行中介或代销业务。

2. 佣金制度

台湾地区房地产经纪业过去收取佣金的费率，一般为成交标的的 4%～5%。有的买方收 4%，卖方收 1% 等，并未形成统一的标准。1999 年 2 月颁布的《不动产经纪业管理条例》，指出不动产经纪业或经纪人员经营中介业务者，其向买卖或租赁之一方或双方收取报酬之总额合计不得超过该不动产实际成交价金 6% 或一个半月之租金。这一报酬标准为收费之最高上限，并非主管机关规定的固定收费比率。

从总体来看，台湾地区房地产中介收费的型态可归纳为下列 4 种：固定费率，不赚超价；固定费率，赚取超价；不付佣金，完全赚取超价；固定费率，超价归中介业。

台湾地区《不动产经纪业管理条例》规定，经纪业应将其中介或代销相关证照和许可文件、经纪人员证书，以及收取报酬的标准和方式等告示在营业处所的明显之处，公示于众，采取透明服务，不搞"暗箱作业"。

3. 风险防范制度

建立交易安全保障制度：在房地产经纪活动中，以产权与购房款列为风险的主要来源，因而买卖双方均以保障交易安全作为最大的需求。目前，中国台湾地区房地产经纪业界为防范风险，提出了交易安全保障的相关措施：① 制作不动产说明书；② 建立购屋付款保证制度；③ 提供契约的示范文本；④ 建立交易签证与履约保证制度。房地产经纪业对客户最具有保障交易安全的制度是"产权调查"、"代理审查"及"付款保证"制度。

▶ 习题精选

1. 台湾地区的房地产经纪人员分为（　　　）。

A. 地产代理人　　　　　　　　　　　　B. 房地产经纪顾问

C. 房地产经纪人　　　　　　　　　　　D. 房地产经纪人协会协理

E. 经纪营业员

【答案】CE

2. 台湾地区不动产经纪人证书的有效期为（　　）年。

A. 2　　　　　　　B. 3　　　　　　　C. 4　　　　　　　D. 5

【答案】C

3. 台湾地区不动产经纪业或经纪人员经营中介业务者，其向买卖或租赁之一方或双方收取报酬之总额合计不得超过该不动产实际成交价金（　　）。

A. 6%　　　　　　　　　　　　　　　　B. 5%

C. 6% 或个半月之租金　　　　　　　　　D. 5% 个半月之租金

【答案】C

4. 台湾地区《不动产经纪业管理条例》规定，经纪业应将其中介或代销相关证照和许可文件、（　　　）等告示在营业处所的明显之处。

A. 经纪人证书 　　　　　　　　　　　B. 收取报酬的标准

C. 收取报酬的方式 　　　　　　　　　D. 取得的业绩证明

【答案】ABC

5. 台湾地区房地产经纪业界为防范风险，提出了交易安全保障的相关措施包括（　）。

A. 制作不动产说明书 　　　　　　　　B. 建立购屋付款保证制度

C. 提供契约的示范文本 　　　　　　　D. 建立交易签证与履约保证制度

E. 风险保证金制度

【答案】ABCD

6. 台湾地区房地产经纪业对客户最具有保障安全的制度包括（　　　）制度。

A. 产权调查 　　　　B. 付款保证 　　　　C. 契约示范文本 　　　　D. 代理审查

E. 风险金

【答案】ABD

（第十一章略）

第二部分 2002～2006 全国房地产经纪人执业资格考试试题

2002 年全国房地产经纪人执业资格考试试题

一、单项选择题（共 50 题，每题 1 分。每题的备选答案中只有一个最符合题意，请在答题卡上涂黑其相应的编号。）

1. 经纪人提供中介服务，是以（ ）为主要目的。

A. 盈利　　　　　B. 代理　　　　　C. 发展　　　　　D. 行纪

2. 经纪人是（ ）人，在商业活动中不归属于委托方或第三方，完全处于中间地位。

A. 服务　　　　　B. 代表　　　　　C. 中介　　　　　D. 销售

3. 佣金分为法定佣金和（ ）两种。

A. 定金佣金　　　B. 订金佣金　　　C. 预付佣金　　　D. 自由佣金

4. 经纪人收受回扣，是（ ）行为。

A. 不合理　　　　B. 合理　　　　　C. 违法　　　　　D. 可以理解

5. 经纪人在经纪活动中，除非事先有（ ），经纪人不得要求当事人支付佣金以外的其他费用。

A. 经纪操作　　　B. 经纪劳动付出　　C. 经纪合同约定　　D. 特殊考虑

6. 房地产经纪业是（ ）行业。

A. 房地产开发　　B. 房地产代理　　C. 房地产生产　　D. 房地产服务

7. 房地产经纪人在受托权限内，以委托人名义与第三方进行交易，并由委托人直接承担相应的法律责任的经纪行为，称为房地产（ ）。

A. 行纪　　　　　B. 居间　　　　　C. 代理　　　　　D. 包销

8. 根据有关规定，房地产经纪人（ ）以其注册的经纪机构的名义从事经纪活动。

A. 不能　　　　　B. 不必　　　　　C. 必须　　　　　D. 可以

9. 经纪人向委托人报告订立合同的机会或者提供订立合同的媒介服务，撮合交易成功并从委托人及其交易对象取得报酬的经纪活动方式，称为（ ）。

A. 代理　　　　　B. 居间　　　　　C. 行纪　　　　　D. 经纪

10. 具有协理资格的房地产经纪人员，（ ）在具有房地产经纪人执业资格的人员指导下协助开展经纪工作。

A. 不必　　　　　B. 应当　　　　　C. 可以　　　　　D. 不能

11. 下列行为属于房地产经纪基本业务流程环节之一的是（ ）。

A. 佣金结算　　　B. 经纪人接受培训　　C. 物业投资　　　D. 物业开发

12. 在承接每一项业务中，重要的是为客户提供高质量的服务，不能以（ ）来赢得客户。

A. 良好关系   B. 回扣   C. 经纪技巧   D. 质量和信誉

13. 物业查验的基本途径有文字资料了解、向有关人员了解和（　　）等。

A. 听买家讲   B. 现场实地察看   C. 看电视   D. 听其他人员讲

14. 房地产经纪人受理委托业务后，主要应当收集（　　）及相关的市场信息和委托方信息。

A. 股价信息   B. 本公司信息   C. 发展信息   D. 标的物业信息

15. 房地产经纪人在交易合同达成的业务环节中，主要工作是（　　）、签订交易合同。

A. 协调交易价格   B. 代理房屋过户手续

C. 收取佣金   D. 售后服务

16. 售后服务的内容可以包括延伸服务、改进服务和（　　）。

A. 售中服务   B. 体验服务   C. 跟踪服务   D. 产品服务

17. 房地产经纪相关业务包括（　　）、抵押贷款手续代办和房地产信息咨询等。

A. 提供留学   B. 办理户口

C. 交易登记及权证代办   D. 物业管理

18. 一般而言，经纪人是以（　　）为主要资源为客户服务的。

A. 房地产资金   B. 资金   C. 设备   D. 信息

19. 住房贷款方案主要由（　　）、贷款类型和还款期限组成。

A. 贷款额   B. 担保费用   C. 借款人   D. 贷款人

20. 房地产经纪信息通常包括（　　）、客户信息、房地产市场信息和房地产经纪行业信息。

A. 经济信息   B. 房源信息   C. 网络信息   D. 店主信息

21. 房地产经纪人可以分为住宅经纪人、商业用房经纪人和土地经纪人等，这是因为他们在（　　）上存在差异。

A. 活动方式   B. 服务对象   C. 职业资格   D. 活动性质

22. 客户资料中最重要的报表是（　　）登记表。

A. 房源   B. 经纪人   C. 来人   D. 店务

23. 房地产经纪行业的自律性管理，应当由（　　）组织实施。

A. 房地产行政主管部门   B. 司法机关

C. 行业协会   D. 城市人民政府

24. 房地产经纪机构执业的免责事由包括不可抗力等，不可抗力是指（　　）。

A. 不能预见的客观情况

B. 不能避免的客观情况

C. 不能预见但也许可以克服的特殊情况

D. 不能预见、不能避免也不能克服的客观情况

25. 房地产经纪机构是专业性企业，其专业性含义为（　　）。

A. 个人取得经纪协理评估认证

B. 从业人员具有较高学历

C. 从业人员基础知识、操作水平的专业性，经纪企业组织分工的专业性

D. 个人取得经纪人评估认证

26. 房地产经纪机构的顾问功能，是指经纪人（　　　）。

A. 凭借自己的专业知识和市场经验，给投资置业者、发展商等人士提供咨询意见

B. 利用自己掌握的物业资料和市场信息，为客户提供客观科学的资讯

C. 协调买卖双方就买卖条件达成一致，发挥议价功能

D. 帮助买方以合理的价格买进适合自己的物业

27. 经纪合同署名中，不包括（　　　）内容。

A. 经纪机构名称　　　　　　　　　B. 经纪机构登记编号

C. 经纪人名称　　　　　　　　　　D. 经纪人执业证编号

28. 人们维护自己所从事行业整体利益的基本意识，是（　　　）的萌芽。

A. 社会公德　　　　B. 道德规范　　　　C. 道德关系　　　　D. 职业道德

29. 人们对将来能够带来持续收益的房地产，视为一笔能够产生同样收益的货币资本，这就是（　　　）原理的通俗表达。

A. 资本化　　　　　B. 预期　　　　　　C. 替代　　　　　　D. 适合

30. 对于房地产经纪人的资格条件、信用能力、服务标准等委托人应该知情的信息，房地产经纪人应（　　　）告知委托人。

A. 在合同签订前　　B. 在合同签订时　　C. 在合同签订后　　D. 随时

31. 房地产经纪相关专业基础知识不包括（　　　）。

A. 文学知识　　　　B. 经济学知识　　　C. 法律知识　　　　D. 心理学知识

32. 下列国家或地区中，已建立了房地产经纪过失保险制度的是（　　　）。

A. 广东省　　　　　B. 中国香港　　　　C. 美国　　　　　　D. 上海市

33. 委托人隐瞒事实真相或有欺诈行为时，经纪人（　　　）。

A. 应继续为其提供服务

B. 经委托人同意，可拒绝为其提供服务

C. 是否有权拒绝为其提供服务，依照委托合同的约定而定

D. 有权拒绝为其提供服务

34. 房地产经纪人的职业技能中，供需搭配的技能可使得（　　　）。

A. 供方满意　　　　　　　　　　　B. 需方满意

C. 供需双方达成一致　　　　　　　D. 现场气氛活跃

35. 取得房地产经纪人执业资格者可以在（　　　）范围内注册执业。

A. 县级行政区域　　　　　　　　　B. 地市级行政区域

C. 省级行政区域　　　　　　　　　D. 全国

36. 房地产经纪人执业资格注册有效期一般为（　　　）年。

A. 1　　　　　　　B. 2　　　　　　　C. 3　　　　　　　D. 4

37. 房地产经纪人执业资格注册有效期满前（　　　）个月，持证者应到原注册管理机构办理再次注册。

A. 1　　　　　　　B. 2　　　　　　　C. 3　　　　　　　D. 4

38. 以注册房地产经纪人身份执业，下列说法正确的是（　　　）。

A. 全国统一执业资格考试合格后即可以执业

B. 通过房地产经纪人全部课程的考试即可以执业

C. 取得《中华人民共和国房地产经纪人执业资格证书》后即可以执业

D. 取得《中华人民共和国房地产经纪人注册证》后才可以执业

39. 房地产经纪人不得同时在（　　　）家及其以上的房地产经纪机构从事房地产经纪活动。

    A. 二   B. 三   C. 四   D. 五

40. 在房地产经纪人执业资格注册有效期内，房地产经纪人若想调到另一家经纪机构执业，除与原机构解除聘用关系外，还应当及时办理注册（　　　）手续。

    A. 调动   B. 调离   C. 转移   D. 变更

41. 房地产经纪人从事居间经纪活动，下列选项正确的是（　　　）。

A. 不能同时接受相对两方委托人的委托

B. 只能接受一方当事人的委托

C. 可以同时接受一方或相对两方委托人的委托

D. 如果同时接受相对两方委托人的委托，则佣金不能比接受一方当事人委托时收取的佣金少

42. 房地产经纪合同不是（　　　）。

    A. 单务合同   B. 劳务合同   C. 有偿合同   D. 双务合同

43. 房地产经纪机构从事经纪活动，应当建立业务记录和相关文档，并按规定向行业主管部门上报（　　　）的统计资料。

    A. 业务收费情况   B. 经营业务情况

    C. 利润情况   D. 内部组织变动情况

44. 因被代理人的经营能力不足，授权经纪人的代理活动属于（　　　）活动。

    A. 事务代理   B. 商事代理   C. 指示代理   D. 媒介代理

45. 有关房地产代理活动，理解正确的是（　　　）。

A. 经纪人只能以卖方的名义从事代理服务

B. 经纪人只能以买方的名义从事代理服务

C. 以买方还是卖方的名义从事代理服务须依据合同约定

D. 同时接受买卖双方的委托从事代理服务

46. 下列对居间报酬的理解，正确的是（　　　）。

A. 根据按劳分配原则，如果房地产经纪人已提供了居间服务，无论是否促成交易，均有权收取报酬

B. 居间服务促成了合同的订立，虽在申报转移登记时交易标的遭法院查封，委托人仍应支付报酬

C. 从事居间活动时若有损害委托人利益的行为，经纪人无权要求委托人支付报酬

D. 订立居间合同时，报酬由双方约定，经纪人勿须告知委托人国家规定的收费标准

47. 下列说法不正确的是（　　　）。

A. 土地价格是地租的资本化

B. 土地价格的实质是一定年数的地租的总和

C. 市场上同类房地产商品的成交价格可以成为房地产估价的依据

D. 成本法的理论依据是房地产价格形成的资本化原理

48. 房地产估价的三大基本方法包括比较法、成本法和（　　　）。

　　A. 路线价法　　　　　B. 购买方法　　　　C. 收益倍数法　　　　D. 收益法

49. 在房地产经纪业务洽谈中，首要的环节是（　　　），以充分地了解委托人的意图和要求。

　　A. 许诺好处　　　　　B. 倾听客户的陈述　　C. 引导客户　　　　　D. 控制客户

50. 房地产经纪人应当具备（　　　）以上学历。

　　A. 高中　　　　　　　B. 中专　　　　　　　C. 大专　　　　　　　D. 本科

二、**多项选择题**（共30题，每题2分。每题的备选答案中有两个或两个以上符合题意的答案，请在答题卡上涂黑其相应的编号。错选不得分；少选且选择正确的，每个选项得0.5分。）

51. 以下具有法人资格的机构有（　　　）。

　　A. 房地产经纪有限责任公司　　　　　　　B. 房地产经纪股份有限公司

　　C. 合伙制房地产经纪机构　　　　　　　　D. 个人独资房地产经纪机构

　　E. 房地产经纪机构的分支机构

52. 房地产经纪人在从事房地产经纪业务的活动中，应当明确告知当事人的内容有（　　　）。

　　A. 需要当事人提供的资料和事实　　　　　B. 提供服务的内容、时限和标准

　　C. 提供服务能够达到的结果　　　　　　　D. 发生争议的解决方式

　　E. 拟采取的佣金、费用结算方式

53. 经纪活动的特点有（　　　）等。

　　A. 广泛性　　　　　　B. 服务性　　　　　　C. 无偿性　　　　　　D. 有偿性

　　E. 非连续性

54. 具备房地产估价师资格者，报名参加房地产经纪人执业资格考试，可以（　　　）。

　　A. 免考《房地产经纪概论》

　　B. 在两个考试年度通过应试科目

　　C. 不免考

　　D. 免考《房地产基本制度与政策》，在两个考试年度通过其余应试科目

　　E. 免考《房地产基本制度与政策》，在一个考试年度通过其余应试科目

55. 根据房地产交易方式来划分，可以将房地产经纪业务分为（　　　）等。

　　A. 房地产租赁经纪　　　　　　　　　　　B. 房地产抵押经纪

　　C. 房地产物业管理经纪　　　　　　　　　D. 房地产开发经纪

　　E. 房地产买卖经纪

56. 按职业资格划分，房地产经纪人员分为（　　　）。

　　A. 有执业资格的房地产经纪人　　　　　　B. 有从业资格的房地产经纪人协理

　　C. 居间房地产经纪人　　　　　　　　　　D. 代理房地产经纪人

　　E. 行纪房地产经纪人

57. 目前，我国个人住房抵押贷款的主要形式有（　　　）。

　　A. 无息抵押贷款　　　　　　　　　　　　B. 浮动利率抵押贷款

C. 固定资产贷款　　　　　　　　　　　D. 住房公积金贷款

E. 商业贷款

58. 房地产经纪信息的管理原则包括（　　　）等。

A. 整理性　　　　B. 时效性　　　　C. 流动性　　　　D. 系统性

E. 符合性

59. 房地产经纪人在执业中应当回避的情形有（　　　）。

A. 与委托当事人有亲戚关系

B. 委托当事人要求回避的

C. 委托当事人拟委托购买的房地产的业主是该经纪人的父亲，但未明示

D. 与委托当事人拟委托购买的房地产的业主比较熟悉

E. 该经纪人曾经在委托当事人拟委托购买的房屋居住

60. 房地产经纪人员的职业技能由（　　　）构成。

A. 收集信息的技能

B. 善于订立对经纪人自己有利的合同的技能

C. 市场分析的技能

D. 为供需双方搭桥的技能

E. 取得交易双方及市场其他参与者信任的技能

61. 房地产经纪机构的组织形式有（　　　）。

A. 直线—参谋制组织结构形式　　　　B. 分部制组织结构形式

C. 矩阵制组织结构形式　　　　　　　D. 网络制组织结构形式

E. 垂直式组织结构形式

62. 房地产经纪活动中的物业查验阶段，房地产经纪人主要应当查验的内容包括（　　　）等。

A. 物业是否存在抵押权、租赁权　　　B. 物业的周边环境

C. 物业的增值潜力　　　　　　　　　D. 物业所处的具体位置

E. 物业的朝向、设备及装修情况

63. 房地产经纪机构的业务支持部门不包括本机构的（　　　）。

A. 交易管理部门　　B. 连锁店　　　　C. 财务部门　　　　D. 办公室

E. 人事部门

64. 以下说法正确的是（　　　）。

A. 由于委托人的故意给房地产经纪机构造成损失的，由房地产经纪机构对委托人提出赔偿请求

B. 由于委托人的故意给房地产经纪人造成损失的，由房地产经纪人对委托人提出赔偿请求

C. 由于委托人的故意给房地产经纪人造成损失的，由房地产经纪人所在经纪机构对委托人提出赔偿请求

D. 由于委托人的故意给房地产经纪人或房地产经纪机构造成损失的，由房地产经纪人或房地产经纪机构对委托人提出赔偿请求

E. 由于委托人的故意给房地产经纪人和房地产经纪机构造成损失的，由房地产经纪人

和房地产经纪机构共同对委托人提出赔偿请求

65. 房地产经纪人员职业道德的基本要求包括（　　）等。

A. 守法经营　　　　B. 信守信用　　　　C. 以身作则　　　　D. 为人师表

E. 尽职守责

66. 以下选项，与房地产经纪人员基本礼仪修养相违背的有（　　）。

A. 广泛寻找房源　　　　　　　　　B. 仪容与着装显得邋遢

C. 接待客户彬彬有礼　　　　　　　D. 轻易承诺、许诺

E. 灵活变通需求

67. 申请注册的房地产经纪人必须同时具备（　　）等条件。

A. 取得房地产经纪人执业资格证书　　B. 无迟到、早退等违纪记录

C. 未受刑事处罚　　　　　　　　　　D. 经所在经纪机构考核合格

E. 男性不超过 60 周岁，女性不超过 55 周岁

68. 房地产经纪人与房地产经纪机构之间的关系包括（　　）。

A. 执业关系　　　　B. 职业关系　　　　C. 法律责任关系　　　D. 经济关系

E. 股东与合伙企业关系

69. 合伙人可以用（　　）出资组建合伙制房地产经纪机构。

A. 货币　　　　　　B. 实物　　　　　　C. 土地所有权　　　D. 商标权

E. 专利权

70. 下列有关个人独资房地产经纪机构承担机构债务的说法，正确的是（　　）。

A. 投资人以其投资的财产承担有限责任

B. 投资人在其投资的财产总额内承担无限责任

C. 投资人可以是一个自然人，也可以是一个法人

D. 投资人以其个人财产对机构债务承担责任

E. 投资人对机构债务承担的是无限责任

71. 申请设立房地产经纪机构，应当具备的条件有（　　）。

A. 选定的机构名称应当注明"房地产经纪"字样

B. 有固定的经营场所

C. 具备房地产经纪人员职业资格的人数达到规定数量

D. 有收费许可证

E. 有税务登记证

72. 房地产经纪机构与委托人签订合同，下列选项正确的有（　　）。

A. 应遵循平等，自愿原则

B. 一旦签订即不可以解除但可变更

C. 一旦签订即不可解除与变更

D. 洪水冲毁房屋致使合同无法履行的可以解除

E. 地震导致合同不能如期履行的可以变更

73. 房地产经纪人在执业中应禁止的行为有（　　）。

A. 将法院查封的房产代理销售

B. 受抵押人委托，代理销售抵押权人同意转让的设有抵押权的房产

C. 允许孪生兄弟以自己的名义从事房地产经纪活动

D. 带客户察看业主并不准备出租的房屋，赚取"看房费"

E. 接受开发商的委托以内部订购名义推销即将开工的楼盘

74. 经注册的房地产经纪人有下列（　　）情形之一的，由原注册机构注销注册。

A. 被判入狱服刑 1 年

B. 被原聘用的经纪机构解聘且无另外的经纪机构聘用

C. 执业同时又将自己的证书借给外地同学开办的经纪机构办理注册

D. 因健康原因导致脱离房地产经纪岗位 22 个月

E. 赴国外留学研究房地产经纪理论 34 个月

75. 房地产代理合同中委托人的义务包括（　　）。

A. 承担后果的义务　　　　　　　　B. 承担处理事务费用的义务

C. 亲自处理事务的义务　　　　　　D. 给付报酬的义务

E. 承担赔偿损失的义务

76. 根据居间人所接受委托内容的不同，居间合同可以分为（　　）。

A. 房地产买卖居间合同　　　　　　B. 房地产代理居间合同

C. 房地产有偿居间合同　　　　　　D. 房地产指示居间合同

E. 房地产媒介居间合同

77. 房地产经纪人在履行居间合同时的义务包括（　　）。

A. 如实报告的义务　　　　　　　　B. 支付报酬的义务

C. 支付有关费用的义务　　　　　　D. 尽力提供服务的义务

E. 保守商业秘密的义务

78. 下列说法正确的是（　　）。

A. 房地产价格是关于房地产权利的价格

B. 同一宗房地产可以有多种不同权利内容的价格

C. 房地产价格具有显著的个别性

D. 房地产价格由政府主管部门定价

E. 房地产价格总体水平具有周期性循环和螺旋式上升的特点

79. 根据各种影响房地产价格因素自身的性质，可以将影响房地产价格的因素分为（　　）。

A. 心理因素　　　　　　　　　　　B. 经济因素

C. 社会因素　　　　　　　　　　　D. 行政和政治因素

E. 理化因素

80. 房地产价格的形成原理不包括（　　）。

A. 政府定价　　　　　　　　　　　B. 资本化原理

C. 政府指导价　　　　　　　　　　D. 替代原理和变动原理

E. 均衡原理和适合原理

三、综合分析题（共 20 题，每题 2 分。由单项选择题或多项选择题组成。请在答题卡上涂黑其相应的编号。错选不得分；少选且选择正确的，每个选项得 0.5 分。）

（一）

胡某、李某、陈某三人拟共同发起设立一家"天罡房地产经纪公司"（以下简称"天罡公司"）。胡某、李某具有房地产经纪人执业资格，陈某仅具有房地产经纪人协理资格。天罡公司成立后，聘请了房地产经纪人崔某、经纪人协理王某担任写字楼经纪部负责人。一天，王某接待一位客户朱某，朱某委托天罡公司代理销售其拥有的一间办公用房，天罡公司与朱某签订了房地产经纪合同。王某在对该物业的权属状况进行调查时，发现该物业在 2 年前已由朱某出租给刘某，租赁合同约定的租期为 21 年。

81. 天罡公司要依法成立，应当具备（　　）等条件。

A. 注册资金须达 10 万元以上

B. 胡某、李某作为股东，陈某不得作为股东

C. 租期 M 年的办公场地

D. 胡某和陈某无不良行为记录

82. 有关天罡公司与朱某签订的房地产经纪合同，以下说法正确的是（　　）。

A. 王某作为天罡公司的代表在房地产经纪合同上署名

B. 经口头请示胡某同意后，王某作为天罡公司的代表在房地产经纪合同上署名

C. 崔某没有办理具体的经纪事务，但崔某可以作为天罡公司的代表在房地产经纪合同上署名

D. 经陈某授权，王某可以代陈某作为天罡公司的代表在房地产经纪合同上署名

83. 该物业在由天罡公司代理转让后，原租赁合同（　　）。

A. 无效　　　　　　　　　　　　B. 有效，有效期为 18 年

C. 有效，有效期为 19 年　　　　　D. 有效，有效期为 21 年

84. 如果王某未将该物业已租赁的情况告诉其业务主管，买受方在不知情的情况下购买了该物业，买受方的损失应当由（　　）承担。

A. 天罡公司　　　　B. 王某个人　　　　C. 崔某　　　　D. 朱某

85. 如果该物业在租赁前三个月由朱某抵押给中国工商银行，则下列选项正确的是（　　）。

A. 租赁合同对中国工商银行有约束力

B. 租赁合同对中国工商银行没有约束力

C. 因为物业转让未经工商银行同意，物业转让合同无效

D. 不管物业转让是否经工商银行同意，物业转让合同有效

（二）

乙市大行房地产经纪公司（以下简称"大行公司"）的经纪人贾某接受甲市宏程公司委托，为其在乙市代理承租一间合适的办公室。双方在经纪合同中约定，大行公司应在两个月内代理宏程公司承租一位置适中、月租金不超过 3 万元、面积在 300m² 左右的办公室，经纪佣金为 3 万元。

86. 如果经纪合同订立后 70 天，大行公司以宏程公司名义承租一间合适的办公室，下列选项正确的是（　　）。

A. 宏程公司应当支付部分经纪佣金

B. 如果大行公司代理承租前，以传真方式告知了宏程公司，宏程公司未提出异议，则宏程公司应当支付租金和经纪佣金

C. 如果大行公司代理承租前，以传真方式告知了宏程公司，宏程公司未提出异议，则宏程公司应当支付租金，但可以不支付经纪佣金

D. 宏程公司应当支付全部经纪佣金

87. 如果经纪合同订立5天后，大行公司经宏程公司同意，将该经纪事务转委托欣欣房地产经纪人事务所。下列选项正确的是（　　　）。

A. 大行公司与欣欣房地产经纪人事务所就经纪事务承担全部连带责任

B. 大行公司仍然是独立承担责任

C. 大行公司不承担任何责任

D. 大行公司仅就欣欣房地产经纪人事务所的选任及其对欣欣房地产经纪人事务所的指示承担责任

88. 大行公司在经纪活动中发现面积在$300m^2$，位置适中的办公室，月租金普遍在4万元左右。大行公司应当（　　　）。

A. 按照委托人的指示处理委托事务

B. 经委托人同意后，代理承租月租金4万元左右的办公室

C. 增加1万元经纪佣金

D. 经委托人同意后，代理承租月租金4万元左右的办公室，但不能要求增加佣金

89. 如果经纪合同订立5天后，大行公司未经宏程公司同意，将该经纪事务转委托欣欣房地产经纪人事务所。下列选项正确的是（　　　）。

A. 大行公司应当亲自处理委托事务

B. 大行公司仅就欣欣房地产经纪人事务所的选任及其对欣欣房地产经纪人事务所的指示承担责任

C. 大行公司承担主要责任，欣欣房地产经纪人事务所承担次要责任

D. 大行公司应当对欣欣房地产经纪人事务所的行为承担连带责任

90. 如果经纪合同订立5天后，宏程公司通知大行公司，拟同时委托欣欣房地产经纪人事务所办理该经纪事务，大行公司对此表示同意，欣欣房地产经纪人事务所与大行公司共同办理了该经纪事务。下列选项不正确的是（　　　）。

A. 欣欣房地产经纪人事务所对经纪事务独立承担责任

B. 大行公司对经纪事务独立承担责任

C. 大行公司与欣欣房地产经纪人事务所对经纪事务承担连带责任

D. 委托人应当预付处理委托事务的费用。受托人为处理委托事务垫付的必要费用，委托人应当偿还该费用及其利息

（三）

李四委托中天房地产经纪人事务所的经纪人刘军购买一套二手房，刘军介绍张三所有的一套房屋，李四看后拟同意购买。随后，李四与张三商谈《房屋买卖合同》事宜。

91. 假设李四与张三办理了该房屋的转让手续，下列选项正确的是（　　　）。

A. 李四应当按照约定支付报酬

B. 刘军为促成房屋成交而发生的 1000 元费用，由中天房地产经纪人事务所负担

C. 刘军为促成房屋成交而发生的 1000 元费用，由刘军自己负担

D. 刘军为促成房屋成交而发生的 1000 元费用，由李四负担

92. 假如李四与张三达成该房屋的转让合同，而刘军为该经纪活动发生了 1000 元的费用，下列选项正确的是（　　）。

A. 中天房地产经纪人事务所不得要求支付经纪佣金

B. 中天房地产经纪人事务所可以要求李四支付从事居间活动支出的全部费用

C. 中天房地产经纪人事务所可以要求李四支付从事居间活动支出的 1000 元费用当中的必要费用

D. 中天房地产经纪人事务所可以要求李四支付原经纪佣金的一半

93. 在李四与张三就该房屋的转让合同进行洽谈过程当中，刘军不得（　　）。

A. 将李四可承受的最高购买价告诉张三

B. 将房屋转让涉及的税费告诉李四与张三

C. 将张三的付款能力等个人信用情况告诉李四

D. 将张三的房屋存在租赁情况告诉李四

（四）

李某到顺心房地产经纪公司，拟出租房屋。有一位穿着超短裙、无跟凉鞋的经纪人走过来说："来，登个记"。说完，该经纪人拿出一张小纸条，扔给李某。李某登记时，桌上电话响了，经纪人没有接听电话。走时，李某才知道这名经纪人叫段某。

一天后，李某从未接触过的某中介公司经纪人雷某打电话与李某联系，说有客户承租李某的房屋。雷某仔细了解房源及附属设施之后促成了交易。两天后，李某接到段某电话，要李某请她吃饭，理由是：她接待李某并办理出租客户登记手续后，李某的房屋才顺利出租。

94. 经纪人段某在经纪活动中，违反经纪人职业道德的行为有（　　）。

A. 在店内穿无跟凉鞋、超短裙　　　　B. 接待客户时礼仪不周

C. 段某打电话给业主，让业主请客吃饭　D. 未能为李某寻找到合适的承租方

95. 李某房屋出租后，应当（　　）。

A. 减半支付佣金　　　　　　　　　　B. 支付佣金给段某

C. 支付佣金给雷某　　　　　　　　　D. 按标准支付佣金

96. 关于上述经纪活动，下列选项正确的是（　　）。

A. 段某与雷某之间存在转委托关系

B. 顺心房地产经纪公司与雷某之间存在转委托关系

C. 顺心房地产经纪公司与雷某共同完成该经纪事务

D. 顺心房地产经纪公司与雷某执业的房地产经纪公司之间存在转委托关系

97. 针对上述经纪事务，可进行的经纪活动是（　　）。

A. 雷某确认房源详细资料

B. 雷某介绍客户给李某

C. 未能为李某寻找到合适的承租方，段某私自委托另一中介公司的雷某，请雷某提供承租方的信息

D. 李某、雷某都应向段某支付佣金

（五）

某房地产经纪人需要了解甲办公楼在 2002 年 9 月 11 日的正常价格。已知案例 A 的成交价格为 2100 元/m²，比正常情况高 2%，其他因素与甲办公楼基本一致；案例 B 房地产的市场年净租金收入为 230 元/m²，其收益倍数为 9，其他因素与甲办公楼基本一致；案例 C 的成交时间是在 2002 年 9 月 3 日，其个别因素比甲办公楼优 3%，成交价格为 2300 元/m²，其他因素与甲办公楼基本一致。

98. 从案例 A 推知，甲办公楼的单价为（　　）元/m²。

A. 2000　　　　B. 2058　　　　C. 2058.82　　　　D. 2100

99. 从案例 B 推知，甲办公楼的单价为（　　）元/m²。

A. 2070　　　　B. 2100　　　　C. 2200　　　　D. 2300

100. 从案例 ABC 推知，甲办公楼的单价为（　　）元/m²。

A. 2300　　　　B. 2233.01　　　　C. 2120.61　　　　D. 2058.82

2003 年全国房地产经纪人执业资格考试试题

一、单项选择题（共 50 题，每题 1 分。每题的备选答案中只有一个最符合题意，请在答题卡上涂黑其相应的编号。）

1. 经纪的作用集中表现为经纪在各种社会经济活动中的沟通和（　　）作用。
A. 规范　　　　　　B. 中介　　　　　　C. 提升　　　　　　D. 发展

2. 行纪是指经纪机构受委托人的委托，以（　　）的名义与第三方进行交易，并承担规定的法律责任的商业行为。
A. 自己　　　　　　B. 代理人　　　　　C. 委托人　　　　　D. 受托人

3. 房地产经纪活动的基本类型是（　　）。
A. 房地产居间与房地产代理　　　　　　B. 房地产居间与房地产行纪
C. 房地产行纪与房地产居间　　　　　　D. 房地产代理与房地产行纪

4. 下列关于房地产经纪人员应当履行义务的说法中，错误的是（　　）。
A. 为委托人保守商业秘密　　　　　　B. 接受职业继续教育，不断提高业务水平
C. 执行房地产经纪业务并获得合理佣金　　D. 向委托人披露相关信息

5. 下列说法中，正确的是（　　）。
A. 房地产经纪人执业资格考试合格人员取得《中华人民共和国房地产经纪人执业资格证书》后，即可从事房地产经纪业务
B. 房地产经纪人协理从业资格实行全国统一大纲、统一命题、统一组织的考试制度
C. 房地产经纪人协理可以在全国范围内注册执业
D. 房地产经纪人协理需在房地产经纪人的指导下执行各种经纪业务

6. 房地产经纪人协理享有的权利包括（　　）。
A. 有权不注册备案　　　　　　B. 有权签订经纪合同
C. 有权独立开展经纪业务　　　　D. 有权加入房地产中介机构

7. 房地产经纪人执业资格注册的有效期为 3 年，自（　　）之日起计算。
A. 发证　　　　　　B. 登记　　　　　　C. 核准注册　　　　D. 申报

8. 下列关于房地产经纪职业道德的说法中，正确的是（　　）。
A. 房地产经纪职业道德属于外在的规范
B. 房地产经纪职业道德具有强制力，因而对房地产经纪人具有约束力
C. 房地产经纪职业道德不具有强制力，因而对房地产经纪人不具有约束力
D. 房地产经纪职业道德通过职业责任感、行业准则、舆论等来约束房地产经纪人员

9. 房地产经纪服务的佣金是根据（　　）来确定的。
A. 政府规定的固定数额　　　　　　B. 行业习惯的取费标准
C. 交易标的所估价值的一事实上比例　　D. 交易标的金额的一定比例

10. 房地产经纪人员与客户交谈时，应注意（　　）。
A. 自我感受　　　B. 自我发挥　　　C. 与客户目光交流　　D. 自我评价

11. 房地产经纪人员接待客户时，最好（　　）。

A. 坐在客户的侧边　　　　　　　　　　B. 坐在客户的对面

C. 坐在客户的后面　　　　　　　　　　D. 紧靠客房身旁

12. 在房地产经纪人员的职业技能中，供需搭配的技能是（　　　）。

A. 使供给方满意

B. 使需求方满意

C. 使供需双方在某宗（或数宗）房源上达成一致

D. 使自己人际沟通技能得到供需双方的认可

13. 房地产经纪业是以（　　　）为主要资源的服务业。

A. 人力　　　　　B. 财力　　　　　C. 信息　　　　　D. 关系

14. 房地产经纪机构采取矩阵制组织形式的，其缺点主要表现为（　　　）。

A. 对环境变化适应能力差　　　　　　B. 横向沟通协调较为困难

C. 双重领导，违反了统一指挥原则　　D. 高层决策迟缓

15. 以合伙企业形式设立的房地产经纪机构，应当有（　　　）名以上持有《中华人民共和国房地产经纪人执业资格证书》的专职人员和 2 名以上持有《中华人民共和国房地产经纪人从业资格证书》的专职人员。

A. 1　　　　　　B. 2　　　　　　C. 3　　　　　　D. 4

16. 代理是指经纪机构在受委托权限内，以（　　　）名义与第三方进行交易，并由委托人直接承担相应法律责任的商业行为。

A. 经纪人　　　　B. 受托人　　　　C. 委托人　　　　D. 代理人

17. 商品房代理机构的售楼处是房地产经纪机构的（　　　）。

A. 店铺　　　　　B. 办公场所　　　　C. 经营场所　　　　D. 注册地

18. 目前推荐使用的《商品房买卖合同示范文本》是由（　　　）制定的。

A. 建设部　　　　　　　　　　　　　B. 国家工商行政管理局

C. 司法部门　　　　　　　　　　　　D. 建设部和国家工商行政管理局

19. 下列关于房地产代理合同的说法中，不正确的是（　　　）。

A. 无民事行为能力的房地产权利人应经基法定监护人或法定代理人代理才能与房地产经纪机构签订房地产代理合同

B. 在房地产代理合同中要明示劳务报酬或酬金

C. 在房地产代理合同中不用明示合同当事人与标的的关系

D. 违约方未依法被免除责任的，守约方仍然可以依法追究其违法责任

20. 出租房屋的用途应按（　　　）的用途使用。

A. 合同中约定　　　　　　　　　　　B. 房屋权属证书上载明

C. 出租人要求　　　　　　　　　　　D. 承租人需要

21. 下列说法中，不正确的是（　　　）。

A. 预购商品房抵押，抵押人提供的商品房预售合同必须是经房地产管理部门登记备案的

B. 现房抵押，抵押权人保管房地产他项权证书，登记机关保管房地产权利证书

C. 处分抵押物可选择拍卖、变卖或者折价方式

D. 房地产抵押合同自登记之日起生效

22. 以下不属于房地产卖方代理业务的是（　　　）。

A. 商品房销售代理 　　　　　　　　　B. 商品房预购代理

C. 二手房出售代理 　　　　　　　　　D. 房屋出租代理

23. 在房地产代理业务洽谈时，为充分地了解委托人的意图和要求，先要（　　　）。

A. 全面细致地向客户介绍房地产现状　　B. 认真观察客户看房的反应

C. 倾听客户的陈述　　　　　　　　　　D. 引导客户了解、喜欢所代理的房地产

24. 房地产查验的基本途径有：文字资料了解、现场实地察看和（　　　）。

A. 听卖家全面、公正进述　　　　　　　B. 向有关人员了解

C. 看广告媒体介绍　　　　　　　　　　D. 到网站搜集信息

25. 房地产权利人生前订立遗嘱，承诺将其自有房地产赠送给受赠人，此遗书需经（　　　）后才有效。

A. 双方签字　　　　　　　　　　　　　B. 房地产管理部门认可

C. 公证机关公证　　　　　　　　　　　D. 税务部门征税

26. 在房地产代理合同中，当事人未明确选择解决合同纠纷的具体途径，合同产生纠纷后又未达成一致意见的，则应通过（　　　）解决合同纠纷。

A. 协商　　　　　　B. 调解　　　　　　C. 仲载　　　　　　D. 诉讼

27. 房地产经纪人向委托人报告订立房地产交易合同的机会或提供订立房地产交易合同的媒介服务，并收入取委托人佣金的行为，属于（　　　）。

A. 房地产代理　　　B. 房地产居间　　　C. 房地产行纪　　　D. 房地产策划

28. 房地产经纪机构除通过广告宣传和公共关系活动来宣传自己、吸引客户、开拓市场外，更重要的是在所承接的每一项业务中，切实为客户提供（　　　），以赢得客户信任。

A. 最高成交价格的交易　　　　　　　　B. 物美价廉的房屋

C. 高质量的服务　　　　　　　　　　　D. 最完整全面的承诺

29. 房地产查验是房地产经纪人签订正式居间合同的前期准备工作。房地产经纪人要对接受委托房地产的权属状况（　　　）、物质状况等进行查验。

A. 环境状况　　　B. 文字资料　　　C. 市场信息　　　D. 政策导向

30. 从事居间业务，房地产经纪人有义务引领买方（承租方）现场查验标的房地产的（　　　）、设备、装修等实体状况。

A. 建筑　　　　　　B. 结构　　　　　　C. 配套　　　　　　D. 环境

31. 由于房屋租赁双方易产生较为复杂的债权债务关系，委托人对房地产经纪机构的责任要求也相对比较复杂，因此，在房屋租赁居间合同中就某些委托事项应补充（　　　）性条款，以便明确房地产经纪机构与委托人各自的权利义务。

A. 强制　　　　　　B. 控制　　　　　　C. 限制　　　　　　D. 法定

32. 下列活动中，存在巨大的经济风险，并完全由房地产经纪机构承担的是（　　　）。

A. 居间　　　　　　B. 代理　　　　　　C. 包销　　　　　　D. 行纪

33. 个人住房抵押贷款的期限最长为（　　　）年。

A. 10　　　　　　B. 15　　　　　　C. 20　　　　　　D. 30

34. 贷款方案要考虑购房者的实际经济承受力，月还款额一般不应超过家庭总收入的（　　　）。

A. 50%　　　　　　B. 40%　　　　　　C. 30%　　　　　　D. 20%

35. 房地产经营投资的目的不仅是为了（　　）原垫付的投资，而且要盈利。

A. 增加　　　　　　B. 回收　　　　　　C. 支付　　　　　　D. 减少

36. 房地产经纪信息是房地产经纪业务动作中的（　　），也是房地产经纪机构的无形财富。

A. 一般资源　　　B. 重要资源　　　C. 有用信息　　　D. 一般信息

37. 随着时间的推移，房地产经纪机构所掌握的房地产经纪信息的使用价值将会（　　）。

A. 提高　　　　　　B. 减少　　　　　　C. 增加　　　　　　D. 不变

38. 房地产经纪信息的管理原则包括系统性、目的性、（　　）等。

A. 时效性　　　　B. 发展性　　　　C. 滞后性　　　　D. 单一性

39. 房地产经纪信息并不都是通过大众媒体传播的，有些需要通过派人磋商和（　　）等方式才能获得。

A. 派人公告　　　B. 发函联系　　　C. 会议通知　　　D. 行政指令

40. 一般来说，房地产经纪信息的基本要素主要由语言要素、（　　）和载体要素三方面组成。

A. 图像要素　　　B. 实质要素　　　C. 内容要素　　　D. 传播要素

41. 在房地产经纪机构的客观信息表格中，（　　）是一种非常重要的表格。

A. 电话记录登记表　　B. 经纪人登记表　　C. 客户登记表　　　D. 店务登记表

42. 在二手房经纪活动中，房地产经纪人需要利用（　　）的信息通过分析其偏好，才能找到与之匹配的房源，增大交易成功的概率。

A. 他人　　　　　　B. 自己　　　　　　C. 卖方　　　　　　D. 买方

43. 房地产行政管理部门对房地产经纪行业进行年检和验证管理，以下说法中，错误的是（　　）。

A. 它可以督促房地产经纪机构及时进行变更登记

B. 它可以当场注销一些名存实亡的房地产经纪机构

C. 它有利于更精确地统计房地产经纪机构数目

D. 它有助于总结行业普遍存在的经验，发现普遍性问题

44. 房地产经纪服务费的管理主要从是否符合收费标准和（　　）两个方面进行管理。

A. 是否收取咨询费　　　　　　　　B. 是否收入取最低服务费

C. 是否明码标价　　　　　　　　　D. 是否收取最高服务费

45. 房地产经纪业务应当以（　　）名义承接。

A. 房地产经纪人　　　　　　　　　B. 房地产经纪人协理

C. 房地产经纪机构　　　　　　　　D. 房地产经纪机构代理人

46. 下列说法中，正确的是（　　）。

A. 经纪服务完成后，对客户的商业秘密仍有保密义务

B. 房地产经纪机构歇业可不到原登记机关办理手续

C. 房地产经纪人协理可以独立开展经纪活动

D. 房地产经纪人员可以同时在 2 个以上的房地产经纪机构任职

47. 中国香港于1997年颁布了（　　　），标志着中国香港房地产经纪纳入了法治化管理的轨道。

A. 《地产经纪条例》　　　　　　B. 《地产代理条例》

C. 《地产代理与居间条例》　　　D. 《不动产经纪条例》

48. 下列有关中国香港地产代理的说法中，正确的是（　　　）。

A. 佣金通常为3%

B. 持有营业员牌照最高只能担任地产代理公司中分支机构的负责人

C. 勿需在代理协议中说明佣金收费率

D. 地产代理人在取得客户和雇主同意及安排的情况下，可以收取佣金

49. 下列有关美国房地产交易信息披露制度的说法中，错误的是（　　　）。

A. 告知交易房屋所在社区1年内有无性犯罪事件

B. 告知交易房屋所在社区有无枪击致死事件

C. 由于这一信息披露制度迫使业主委托房地产经纪人出售房屋

D. 这一信息披露制度是为了保护购房者的权益

50. 持有美国房地产经纪人执业牌照的经纪人（　　　）。

A. 一年内交易量不能大于8宗

B. 主要是律师，金融从业人员等

C. 每隔一定时间必须申请更新自己的牌照

D. 年龄在18岁以上，但不超过55岁

二、多项选择题（共30题，每题2分。每题的备选答案中有两个或两个以上符合题意，请在答题卡上涂黑其相应的编号。错选不得分；少选且选择正确的，每个选项得0.5分。）

51. 佣金是经纪收入的基本来源，其性质是（　　　）的综合体。

A. 投资利润　　　B. 劳动收入　　　C. 经营收入　　　D. 风险收入

E. 服务收入

52. 经纪活动涉及（　　　）等各个环节，它是商品流通的润滑剂。

A. 生产　　　　　B. 分配　　　　　C. 流通　　　　　D. 消费

E. 售后服务

53. 下列说法中，正确的有（　　　）。

A. 房地产经纪是以收取佣金和赚取差价为目的，不促成他人房地产交易而从事的经营行业

B. 房地产是不可移动的独特商品，其交易过程是要把消费者往产品处集中，以达到认识和购买的目的，故房地产交易在通常情况下要实行产销分离，需要借助经纪机构和经纪人员的力量

C. 佣金是指房地产经纪人员完成交易后，由委托人向经纪人员支付的报酬

D. 开发出的新楼盘通过经纪机构吞吐出售将是未来的发展趋势

E. 房地产交易的复杂性是房地产经纪必要性的一个主要原因

54. 下列关于房地产经纪人员的说法中，错误的有（　　　）。

A. 房地产经纪人员可以在全国范围内注册执业

B. 从事房地产经纪活动的基本条件是取得房地产经纪人协理从业资格

C. 未取得房地产经纪人员职业资格证书的人员，一律不得执业

D. 房地产经纪人员应当在房地产经纪机构中承担关键岗位

E. 房地产经纪人员有权依法发起设立房地产经纪机构

55. 房地产经纪人注册有效期满再次注册有，除提供初次注册时应提供有证明外，还须提供（　　）证明。

A. 接受继续教育　　　　B. 考勤记录　　　　　C. 参加业务培训　　　D. 专业论文

E. 纳税情况

56. 房地产经纪人享有的权利有（　　）。

A. 要求委托人提供与交易有关的资料

B. 从事房地产经纪业务并获得合理佣金

C. 依法发起设立房地产经纪机构

D. 自主订立房地产经纪合同

E. 放手让房地产经纪人协理独立完成房地产经纪业务，但可以从中得到提成

57. 下列关于道德和职业道德的说法中，正确的有（　　）。

A. 道德产生于人类社会实践

B. 道德作为一种独立的社会意识形态，形成于奴隶社会

C. 道德形成于原始社会

D. 职业道德在具体内容上有一定的稳定性、连续性

E. 职业道德的性质上不具有专业性，各种职业所要求的职业道德具有相似性

58. 下列中属于房地产经纪人员职业技能的有（　　）。

A. 恪守信用　　　　B. 尽职守责　　　　　C. 市场分析　　　　　D. 人际沟通

E. 把握成交时机

59. 房地产经纪机构依法设立的分支机构，能够（　　），但不具有法人资格。

A. 再设立分支机构　　　　　　　　B. 独立开展房地产经纪业务

C. 独立核算　　　　　　　　　　　D. 承担有限责任

E. 不承担债务

60. 特许加盟连锁经营模式的共同特点有（　　）。

A.（法人）对商标、服务标志、独特概念、专利、经营诀窍等拥有所有权

B. 权利所有者授权其他人使用商标、服务标志等

C. 在授权合同中包含一些调整和控制条款

D. 在授权合同中不含调整和控制条款

E. 受骗行人需要支付权利使用费和其他费用

61. 房地产经纪机构的组织结构形式包括（　　）。

A. 直线职能制　　　B. 分部制　　　　　C. 领导—员工制　　　D. 直营连锁制

E. 网络制

62. 房地产经纪人与房地产经纪机构之间有以下关系，即（　　）。

A. 执业关系　　　B. 法律责任关系　　　C. 业务关系　　　　D. 经济关系

E. 从属关系

63. 国家行政主管部门 2000 年颁布的《商品房买卖合同示范文本》所包含的条款有（   ）。

A. 规划、设地变更的约定　　　　　B. 争议解决处理办法

C. 付款币种与汇率　　　　　　　　D. 违约责任

E. 房地产交易管理部门鉴定认可意见

64. 下列说法中，正确的有（   ）。

A. 房地产抵押合同是主合同

B. 房地产抵押权与其担保的债权同时存在

C. 房地产抵押权是一种他物权，可以转让，但转让时应连同债务一同转让

D. 房地产抵押合同生效后，抵押权人对抵押物享有占有、使用、受益权

E. 抵押权人处分抵押物须按法律规定的方式进行

65. 因房屋不得转让、抵押、租赁，房地产中介机构不应接受代理的房屋有（   ）。

A. 权属有争议的　　　　　　　　　B. 权利人住院治疗的

C. 房屋被司法机关查封的　　　　　D. 未取得房地产权证的

E. 权利人的国外定居的

66. 下列属于房地产代理业务基本流程主要环节的有（   ）。

A. 房地产代理业务开拓　　　　　　B. 方案设计与推广

C. 开发过程控制　　　　　　　　　D. 营销策划

E. 房地产交易价款收取与管理

67. 为了避免商品房销售代理纠纷，卖方代理合同中应载明（   ）等条款。

A. 交易价格范围　　　　　　　　　B. 销售时间

C. 房屋质量保修责任　　　　　　　D. 销售进度

E. 不同价格和销售进度下佣金计算标准

68. 下列关于房地产居间的说法中，不正确的有（   ）。

A. 实际中，房地产指示居间和房地产媒价居间完全独立

B. 居间合同的委托人的给付义务具有确定性

C. 不能以房地产经纪人的名义订立房地产交易合同

D. 房地产经纪人代表委托人订立房地产交易合同

E. 房产交易过程完成后，可以进行佣金结算

69. 房地产经纪人受理了委托业务后，首先应收入集房地产标的物的信息，与委托房地产相关的市场信息和委托人信息，在此基础上对信息（   ）后，房地产经纪人对委托标的物的可能的成交价格就有一定的把握。

A. 辨别　　　　　B. 评价　　　　　C. 分析　　　　　D. 加工

E. 整理

70. 居间业务的售后服务内容主要包括（   ）。

A. 延伸服务　　　B. 针对性服务　　C. 改进服务　　　D. 信息咨询服务

E. 跟踪服务

71. 以划拨方式取得土地使用权的，土地使用权初始登记要提交的文件有（   ）。

A. 已付清土地使用权出让金的证明　　B. 身份证明

C. 初始登记申请书   D. 土地使用权出让合同

E. 地籍图

72. 申请房地产转移登记应提交的文件有（   ）。

A. 证明房地产权属发生转移的文件   B. 身份证明

C. 房地产权属证书   D. 房屋灭失的证明

E. 建设工程规划许可证

73. 目前个人住房贷款的形式主要有（   ）。

A. 住房公积金贷款   B. 抵押贷款   C. 商业贷款   D. 组合贷款

E. 质押贷款

74. 房地产经营投资是指投资者以（   ）等形式，进行盈利性商业活动。

A. 房地产质押   B. 房地产买卖   C. 房屋租赁   D. 房屋设典

E. 物业管理

75. 获取房地产经纪信息的途径有（   ）。

A. 从有关单位内部获取   B. 从报纸传播的信息收集

C. 通过行政指令收集   D. 现场收集

E. 利用网络获取

76. 房地产经纪信息的利用主要包括（   ）。

A. 降低成交价格   B. 透过信息的发布影响消费者

C. 指导具体的业务活动   D. 制定计划

E. 提高成交价格

77. 房地产经纪行业协会制定的行业规则具有（   ）。

A. 公约性质   B. 对行业的约束力

C. 一定的法律约束力   D. 依据法律制定的特点

E. 规范该行业从业人员职业道德的作用

78. 房地产行政管理部门对房地产经纪行业的年检主要是检查房地产经纪组织（   ）等情况。

A. 现金流状况   B. 资产规模变化

C. 经营业务范围   D. 注册地点

E. 持证从业人员情况

79. 在房地产经纪活动中，如果当事人之间对房地产经纪合同履行有争议，对争议的处理方式有（   ）。

A. 必须在政府主持下，由当事双方协商解决

B. 聘请律师调解

C. 双方自行和解

D. 合同中虽无仲裁条款但另行达成仲裁协议的，向有关仲裁委员会申请仲裁

E. 向房地产所在地人民法院提起诉讼

80. 香港地产代理有一套比较完善的纠纷处理制度，根据《地理代理条例》，下列说法中正确的有（   ）。

A. 主要由监管局负责处理纠纷

B. 监管局的裁决在地方法院登记后，相当于法庭的判决

C. 警方可以参与处理纠纷

D. 比较严重的纠纷，可直接诉诸法律

E. 廉政公署不得处理物业买卖、租赁纠纷

三、综合分析题（共20小题，每小题2分。每小题的备选答案中有一个或一个以上符合题意，请在答题卡上涂黑其相应的编号。错选不得分；少选但选择正确的，每个选项得0.5分。）

（一）

刘先生举家出国发展，欲将其婚内购置的两套住房售给甲房地产咨询公司（以下简称甲公司）。经充分商洽，双方在所有合同条款上达成一致。甲公司董事长莫先生代表甲公司在房屋买卖合同上签字。

81. 房屋购得后，甲公司因业务需要，将其中一套房屋向乙银行申请了抵押贷款。一年后，甲公司将设定抵押的房屋出租给了丙公司，另一套出租给了陈先生。对于出租给丙公司的这套房屋，应该征得（   ）同意。

A. 人民银行　　　　　B. 乙银行　　　　　C. 房产管理局　　　　　D. 税务局

82. 丙公司在承租房屋时必须提供（   ）。

A. 营业执照　　　　　B. 税务登记证　　　　C. 经纪人资质证　　　　D. 法人代码证

83. 由于工作需要，陈先生欲将租赁期间的房屋转租他人。陈先生必须办理的手续有（   ）。

A. 取得甲公司的书面同意

B. 陈先生与承租人签订房屋转租合同

C. 陈先生与甲公司签订房屋转租合同

D. 持房屋转租合同到房地产登记机关办理房屋转租合同备案

（二）

甲房地产经纪公司（以下简称甲公司）受开发商委托，代理销售某楼盘。房地产经纪人小杨受甲公司指派具体负责该楼盘代理销售工作。某一天，小杨接待了有意向购房的小叶，小杨为小叶详细介绍了一套商品房后，小叶表示满意，一致同意按照《商品房买卖合同示范文本》的条款签合同。

84. 根据《中华人民共和国合同法》、《中华人民共和国城市房地产管理法》及其他有关法律、法规，在双方一致同意订立的《商品房买卖合同》中第一条"项目建设依据"中包括（   ）。

A. 土地使用权出让合同号　　　　　　　B. 建设用地规划许可证号

C. 建设工程规划许可证号　　　　　　　D. 房屋权属证书号

85. 小杨与小叶在协商订立《商品房买卖合同》时，就处理商品房面积差异，下列说法正确的有（   ）。

A. 合同没有约定的，面积误差比绝对值在3%以内（含3%）的，买受人小叶按实结算房价

B. 合同可以约定，面积误差比绝对值超过3%，买卖人小叶有权不退房，并且不需要

补交房价款

C. 合同可以约定，面积误差比绝对值超过 3%，买受人小叶如不要求退房，应补足房价款

D. 合同没有约定的，面积误差比绝对值超过 3%，买受人小叶无权要求退房，只能补足房价款

86. 依照国家和当地人民政府有关规定，开发商应将（　　　）的商品房交付买受人小叶使用。

A. 经验收合格　　　　　　　　　B. 符合《商品房买卖合同》

C. 符合小叶要求　　　　　　　　D. 办理了房屋所有权证

87. 按照《商品房买卖合同示范文本》中提示性条款，对有可能影响到所购商品房质量或使用功能的规划变更、设计变更，开发商、小叶的权利义务有（　　　）。

A. 开发商应当在有关部门批准同意之日起 15 日内书面通知小叶

B. 小叶有权在通知到达之日起 15 日内作出是否退房的书面答复

C. 小叶在通知到达之日起 15 日内未作出答复视同接受变更

D. 开发商在规定时限内未通知小叶，小叶有权退房

88. 按照《商品房买卖合同》中内容要求，小杨还应向小叶明示商品房达到交付使用条件后，如购商品房为住宅，开发商还需提供（　　　）。

A. 《住宅质量保证书》　　　　　　B. 《住宅使用说明书》

C. 《土地使用权出让合同书》　　　D. 《开发企业资质证书》

（三）

邹某是甲房地产经纪公司（以下简称甲公司）的注册房地产经纪人，邹某代表甲公司与乙公司订立了办公用房委托租赁合同。该合同约定甲公司代为寻找承租方，并以乙公司的名义与承租方订立房屋租赁合同。合同还约定租金不得低于 50 元/（m²/月）的标准，租期不得超过 3 年，承租方不得转租。邹某寻找到了有意向承租的公司，经谈判，邹某代表乙公司与丙公司订立了房屋租赁合同。该合同约定：租金为 60 元/（m²/月），租期 2 年，租赁期内丙公司可以转租。丙公司承租 1 年以后，将其承租的办公用房的一半转租给丁公司，转租合同约定：租期 2 年，租金为 65 元/（m²/月）。丁公司承租半年之后，贷款银行因为乙公司未能按期返还贷款本息，要依法处分该已经设定抵押的办公用房（抵押登记在丙公司承租之前）。

89. 甲公司与乙公司订立的办公房委托租赁合同，属于房地产经纪中的（　　　）。

A. 居间合同　　　　B. 代理合同　　　　C. 委托合同　　　　D. 行纪合同

90. 对于邹某代表乙公司与丙公司订立的房屋租赁合同，下列说法中正确的有（　　　）。

A. 因为租金增加了 10 元/（m²/月），邹某可以从乙公司获取佣金

B. 因为租金增加了 10 元/（m²/月），甲公司可以要求乙公司额外追加佣金

C. 租期的约定没有违规

D. 转租的规定违背了甲公司与乙公司订立的委托租赁合同的约定，因而无效

91. 对于丙公司与丁公司订立的房屋转租合同，下列说法中正确的有（　　　）。

A. 该转租合同无效　　　　　　　B. 该转租合同部分有效，租期只有 1 年

C. 该转租合同有效　　　　　　　D. 该转租合同的效力待定

92. 贷款银行依法处分该办公用房，对于丙公司的装修损失，下列说法中正确的有（   ）。

    A. 贷款银行承担一部分   B. 乙公司承担

    C. 甲公司承担一部分   D. 邹某承担一部分

93. 贷款银行依法处分该办公用房，对丁公司的装修损失，下列说法中正确的有（   ）。

    A. 丙公司承担一部分   B. 乙公司承担一部分

    C. 贷款银行承担一部分   D. 甲公司承担一部分

（四）

甲、乙、丙三人拟发起设立一家合伙制的房地产经纪机构。甲、乙二人均为考试合格取得《房地产经纪人执业资格证书》人员，丙仅取得《房地产经纪人协理从业资格证书》，但甲、乙二人考虑到丙的业务开拓能力极强，还是准备将丙吸收为合伙人，共同发起设立合伙制的房地产经纪机构。该机构的出资总额为人民币50万元，其中甲以现金出资10万元；乙以房屋出资作价15万元；丙出资25万元，其中现金出资10万元，以成立该机构办理手续的劳务、装修办公用房的劳务以及丙第一年的业务开拓的劳务作价15万元。该机构成立后，丙将担任业务拓展部经理，具体负责经纪业务的开拓和合同的审查、签订工作。

94. 该房地产经纪机构的名称可以选（   ）。

    A. ××房地产经纪有限公司   B. ××第一房地产经纪事务所

    C. ××资本家房地产经纪有限责任公司   D. ××为民房地产经纪事务所

95. 关于该房地产经纪机构的出资，下列说法中正确的有（   ）。

    A. 必须达到10万元以上的出资

    B. 丙可以用劳务作为出资，但应委托法定评估机构进行评估

    C. 丙不能以劳务作为出资，其现金出资合法

    D. 甲、乙以个人财产对该房地产经纪机构承担无限连带责任

96. 关于丙在该房地产经纪机构的行为，下列说法中正确的有（   ）。

    A. 丙不能作为合伙人

    B. 丙可以代表机构签订房地产经纪合同

    C. 丙不能担任业务拓展部经理

    D. 丙不能作为合伙人，但可以用现金出资，参与利润分配

（五）

王某是某房地产经纪事务所总经理，在某房地产开发公司开发的×公园公寓项目中拥有小额股份。该花园公寓地处城市近郊，依山傍水，周围绿树成荫，到市区交通也非常方便。李某是王某的朋友，委托王某购买一套环境好、价格适中、建筑面积140m² 左右的住房。于是王某向李某推荐了×花园。李某经考虑后，委托王某所在经纪事务所代其选购一套×花园公寓。但李某在迁入×花园仅1个月，突遇一场百年不遇的暴雨后不久，便发现客厅墙体出现数处小裂缝，于是自己请人修缮。但3个月后，裂缝扩大，并渗水，致使一幅价值不菲的名画污损。李某通过调查发现自己的购房价格比一般市场价格高15%左右。

97. 王某向李某推荐购买×花园住房，（   ）。

    A. 考虑了李某对环境的要求   B. 是一种恰当行为

C. 可能是一种不恰当行为　　　　　　D. 应说明各种利益关系

98. 关于墙体裂缝，下列说法中正确的有（　　　）。

A. 王某不应故意隐瞒危险因素

B. 王某无法预知"百年不遇暴雨"这一可能危险因素

C. 李某应预先请熟人检查导致裂缝原因

D. 李某应在墙体出现小裂缝时向经纪人提出

99. 对于李某名画污损，下列说法中正确的有（　　　）。

A. 李某应向开发商索赔

B. 李某应向经纪事务所索赔

C. 李某自己有过失，无法索赔

D. 李某可以向房屋所在地人民法院提起诉讼

100. 李某购房价格高出市场价格 15%，下列说法中正确的有（　　　）。

A. 王某提供了较高的价格信息

B. 经纪事务所收取了更高佣金

C. 经纪事务所必须退还李某部分房款

D. 李某可与经纪机构协商降低房屋价格与佣金

2004 年全国房地产经纪人执业资格考试试题

一、单项选择题（共 50 题，每题 1 分。每题的备选答案中只有一个最符合题意，请在答题卡上涂黑其相应的编号。）

1. 房地产经纪人从事房地产代理业务必须以房地产经纪机构为（　　）。
   A. 主要的途径　　　　B. 载体　　　　　　C. 依据　　　　　　D. 担保

2. 下列关于经纪的表述中，不正确的是（　　）。
   A. 经纪活动是社会经济活动中的一种中介服务行为
   B. 经纪活动主要是通过提供信息和专业服务来促成交易
   C. 经纪机构提供中介服务是通过佣金方式取得其服务的报酬
   D. 经纪机构与委托人之间有长期固定的合作关系

3. 经纪活动起源于（　　）。
   A. 第一次社会大分工　　　　　　　　B. 第二次社会大分工
   C. 第三次社会大分工　　　　　　　　D. 现代市场经济

4. 房地产经纪人或房地产经纪机构向委托人提供订立房地产交易合同的媒介服务，并收取佣金的行为，称为（　　）行为。
   A. 代理　　　　　　B. 行纪　　　　　　C. 居间　　　　　　D. 代办

5. 下面关于房地产经纪人协理的表述中，正确的是（　　）。
   A. 独立从事房地产经纪工作的自然人
   B. 可以在全国范围内从业
   C. 从事非独立性经纪工作，需要房地产经纪人的组织和指导
   D. 具有初中以上学历的人士，可以申请参加房地产经纪人协理从业资格考试

6. 下列关于房地产经纪人的表述中，不正确的是（　　）。
   A. 可以房地产经纪机构的名义独立执行房地产经纪业务
   B. 经所在机构授权可以订立房地产经纪合同
   C.《房地产经纪人执业资格证书》在全国范围有效
   D. 只能在报名所在地注册执业

7. 受行政处罚被注销房地产经纪人员注册证书的，自注销决定作出之日起不满（　　）年的，不予注册。
   A. 1　　　　　　　　B. 3　　　　　　　　C. 4　　　　　　　　D. 5

8. 道德的客观方面包括（　　）。
   A. 道德意识　　　　B. 道德标准　　　　C. 道德信念　　　　D. 道德判断

9. 人们在从事各种职业活动的过程中应遵守的思想行为准则和规范是（　　）。
   A. 道德规范　　　　B. 道德观念　　　　C. 职业道德　　　　D. 社会道德

10. 如果客户来电话要找的人不在，最合适的礼貌应答是（　　）。
    A. 请问上次是哪位业务员接待您的
    B. 您好！××公司，请问有什么需要我为您服务

C. 对不起！他（她）出去了，您需要留言吗

D. 对不起！他（她）出去了，请您打他（她）的手机

11. 房屋买卖代理收费，应（   ）。

A. 按成交价格总额的 3.5% 收费

B. 按成交价格总额的 4.0% 收费

C. 严格按照国家规定的标准收费

D. 采用差额定率累进计费

12. 由于委托人的原因给房地产经纪人造成经济损失的，应由（   ）向委托人提出赔偿要求。

A. 房地产经纪人协理　　　　　　　　B. 房地产经纪人

C. 房地产经纪机构　　　　　　　　　D. 房地产经纪机构和房地产经纪人共同

13. 房地产经纪机构对企业规模的选择，既要遵循规模经济的一般原则，又要考虑（   ）等因素的匹配程度。

A. 店铺的分布、规模化的方式、管理水平

B. 店铺的分布、管理水平、人力资源

C. 店铺的分布、管理水平、信息资源

D. 管理水平、信息资源、人力资源

14. 房地产经纪机构项目开发岗位的主要工作是（   ）。

A. 捕捉商机　　　　　　　　　　　　B. 进行市场专案研究

C. 撰写研究报告　　　　　　　　　　D. 撰写策划报告

15. 房地产经纪人员报酬给付方式，一般不包括（   ）。

A. 固定薪金制　　　B. 佣金制　　　C. 福利制　　　D. 混合制

16. 建设部、国家工商行政管理局 2000 版《商品房买卖合同示范文本》的第一条是（   ）。

A. 项目建设依据　　　　　　　　　　B. 商品房销售依据

C. 买受人所购商品房的基本情况　　　D. 面积确认及面积差异处理

17. 某商品房产权登记面积为 $137m^2$，合同约定面积为 $140m^2$，则面积误差比绝对值为（   ）。

A. 2.14%　　　B. 2.19%　　　C. 96.87%　　　D. 97.86%

18. 买卖已出租房屋的，出卖人应当在出售前（   ）天通知承租人，承租人在同等条件下有优先购买权。

A. 7　　　B. 10　　　C. 30　　　D. 90

19. 《商品房买卖合同示范文本》中未列出的附件是（   ）。

A. 房屋平面图　　　　　　　　　　　B. 装饰、设备标准

C. 合同补充协议　　　　　　　　　　D. 产权登记的约定

20. 房屋转租的基本流程包括：① 原承租人与新承租人签订房屋转租合同；② 到房地产登记机关办理房屋转租合同登记备案；③ 领取经注记盖章的房屋转租合同，缴纳有关税费；④ 原承租人取得原出租人的书面同意，将其原出租的房屋部分或全部出租。其合理顺序是（   ）。

A. ②④③①　　　　B. ④②①③　　　　C. ④①②③　　　　D. ④③②①

21. 房地产抵押合同生效后，抵押人对抵押物的权利受到限制的首先是（　　）。

A. 占有权　　　　B. 使用权　　　　C. 受益权　　　　D. 处分权

22. 房地产代理业务类型中，不属于房地产卖方代理业务的是（　　）。

A. 二手房出租代理　　　　　　　　B. 房屋承租代理

C. 期房预售代理　　　　　　　　　D. 房屋转租代理

23. 房地产代理业务的基本业务流程环节不包括（　　）。

A. 信息传播　　　　　　　　　　　B. 房地产交验

C. 充实所需的专业知识　　　　　　D. 房地产交易谈判

24. 房地产查验的基本途径有现场实地察看和（　　）。

A. 了解广告媒体　　　　　　　　　B. 到网站搜索

C. 向有关人员了解　　　　　　　　D. 检查代理合同文本

25. 售后服务是房地产经纪机构提高服务、稳定老客户的重要环节，其内容包括延伸服务、改进服务和（　　）。

A. 产品服务　　　B. 跟踪服务　　　C. 售中服务　　　D. 体验服务

26. 房地产代理属于（　　）

A. 民事代理　　　B. 商事代理　　　C. 刑事代理　　　D. 指定代理

27. 在房地产经纪人员职业技能的构成中，供求搭配的技能是（　　）。

A. 使供给方满意

B. 使需求方满意

C. 使供求双方在某宗房源上达成一致

D. 为需求方提供尽量多的房源以供选择

28. 由于房地产是不动产，完成房地产居间、代理业务必不可少的环节是（　　）。

A. 房地产信息的收集与整理　　　　B. 方案的设计与推广

C. 购买方或承租方看房　　　　　　D. 房地产权属登记（备案）

29. 在房地产居间业务中，房地产经纪人可以（　　）。

A. 以自己的名义进行房地产权属登记备案

B. 以所在房地产经纪机构的名义进行房地产权属登记备案

C. 协助委托人进行房地产权属登记备案

D. 代理被委托人进行房地产权属登记备案

30. 李某在某二手房信息咨询事务所获得了两条符合其意愿的二手房出租信息，并为此支付了一定的费用。这家二手房信息咨询事务所提供信息的行为是（　　）。

A. 房地产代理行为　　　　　　　　B. 房地产指示居间行为

C. 房地产媒介居间行为　　　　　　D. 房地产信息咨询行为

31. 某房地产经纪机构在某市东城区创业后，想将业务拓展到其他区域以综合掌握该市各区的房地产信息，扩大机构规模，提高机构知名度，并能有效地协调各经营机构之间的关系。据此目的，该机构可以选择的最佳经营模式是（　　）。

A. 特许加盟连锁经营　　　　　　　B. 分公司经营

C. 区域办事处经营　　　　　　　　D. 直营连锁经营

32. 经纪人受他人委托以自己的名义代他人购物、从事贸易活动或寄送物品，并取得报酬的法律行为，称为（　　　）。

   A. 居间　　　　　　　B. 代理　　　　　　　C. 拍卖　　　　　　　D. 信托

33. 与房地产经纪活动相比，房地产拍卖遵循的基本原则是（　　　）。

   A. 以诚为本　　　　　B. 价高者得　　　　　C. 公平交易　　　　　D. 诚信守则

34. 从房地产转让合同生效之日起（　　　）日内，应申请房地产转移登记。

   A. 10　　　　　　　　B. 30　　　　　　　　C. 60　　　　　　　　D. 90

35. 房地产注销登记可由权利人自愿申请，也可由登记机关强制注销。房地产登记机关无权注销房地产权属证书的情况是（　　　）。

   A. 权利人自行更改了房屋权属证书上的错误信息的

   B. 由于申报人过失导致房屋权属登记信息不实的

   C. 抵押房地产被司法机关依法查封的

   D. 登记机关工作人员工作失误造成房屋权属登记不实的

36. 下列关于房地产抵押贷款的表述中，正确的是（　　　）。

   A. 抵押权人只能是房地产所有权人

   B. 抵押权人不一定是债权人

   C. 预售商品房合同登记备案后，该房地产可以抵押贷款

   D. 抵押登记不能由房地产经纪人代办

37. 下列选项中，不属于房地产经纪信息特征的是（　　　）。

   A. 共享性　　　　　　B. 价值性　　　　　　C. 多维性　　　　　　D. 积累性

38. 房地产经纪信息的管理原则不包括（　　　）。

   A. 目的性　　　　　　B. 系统性　　　　　　C. 增值性　　　　　　D. 时效性

39. 对房地产经纪信息的准确性、真实性、可信性进行分析，判断误差的大小和时效的高低，是房地产经纪信息加工整理过程中（　　　）环节的主要内容。

   A. 鉴别　　　　　　　B. 筛选　　　　　　　C. 程序　　　　　　　D. 编写

40. 房地产经纪信息通过加工整理后，通常以各种形式展现出来，其中最常见的一种形式是（　　　）。

   A. 表格　　　　　　　B. 图片　　　　　　　C. 文字报告　　　　　D. 房地产广告

41. 某房地产经纪机构将客户登记表按客户所属区域分类，同一区域类别中再按收入高低排序。这种做法属于房地产经纪信息整理过程中（　　　）环节的主要内容。

   A. 筛选　　　　　　　B. 编辑　　　　　　　C. 分类　　　　　　　D. 整序

42. 房地产经纪行业管理的基本模式有政府主管、行业自律性管理以及二者相结合的管理等三种模式，这三种模式的主要区别是（　　　）。

   A. 管理主体及其因主体不同而导致的管理手段有所不同

   B. 管理对象及其因对象不同而导致的管理方法有所不同

   C. 管理方法及其因方法不同而导致的收费标准有所不同

   D. 管理理论及其因理论不同而导致的管理效果有所不同

43. 避免房地产经纪纠纷的根本途径是（　　　）。

   A. 制定规范的各类房地产经纪合同示范文本

B. 加强对房地产经纪行为的行政管理

C. 制定房地产经纪活动操作流程，加强房地产经纪人业务培训

D. 提高房地产经纪人员的职业道德，加强房地产经纪机构的自身管理

44. 房地产经纪活动应当遵循（　　）原则。

A. 专业服务　　　　B. 合理收费　　　　C. 诚实信用　　　　D. 信息公开

45. 房地产经纪合同的内容由（　　）。

A. 合同当事人约定　　　　　　　　　　B. 房地产经纪人独自确定

C. 工商行政主管部门统一规定　　　　　D. 房地产行政主管部门统一规定

46. 当房地产经纪人的经纪活动对委托人既构成违约责任又构成侵权责任时，委托人（　　）。

A. 只能请求房地产经纪机构承担违约责任

B. 可以请求房地产经纪机构既承担违约责任又承担侵权责任

C. 可以自由选择请求房地产经纪机构要么承担违约责任，要么承担侵权责任

D. 只能请求房地产经纪机构承担侵权责任

47. 牌照制度是中国香港地区房地产经纪业的基本制度之一，作为实施发牌制度第一步的过渡期牌照的有效期为（　　）年初之前。

A. 1999　　　　　B. 2001　　　　　C. 2002　　　　　D. 2005

48. 在中国台湾地区的房地产经纪业基本制度中，信誉制度的一个最突出特点是（　　）。

A. 建立公示制度　　　　　　　　　　　B. 建立评分制度

C. 建立教育制度　　　　　　　　　　　D. 建立营业保证金及赔偿制度

49. 美国有关规范房地产经纪人的法律中最严密的法令是（　　）。

A. 一般代理法规　　　　　　　　　　　B. 契约法规

C. 各州的执照法　　　　　　　　　　　D. 联邦法

50. 美国房地产经纪运作方式中最常见、用得最多的是（　　）。

A. 经纪人独家销售　　　　　　　　　　B. 开放式销售和联合专卖销售

C. 卖主与经纪人独家销售　　　　　　　D. 包底价销售和优先购买

二、多项选择题（共30题，每题2分。每题的备选答案中有两个或两个以上符合题意，请在答题卡上涂黑其相应的编号。错选不得分；少选且选择正确的，每个选项得0.5分。）

51. 佣金是经纪收入的基本来源，其性质是（　　）等几项的综合。

A. 劳动收入　　　　B. 风险收入　　　　C. 差价收入　　　　D. 经营收入

E. 投资收入

52. 房地产经纪的特征主要有（　　）。

A. 不可储存性　　　B. 服务性　　　　C. 非实物性　　　　D. 专业性

E. 地域性

53. 房地产经纪人员的"真诚"主要体现在（　　）。

A. 尽量同意客户提出的各种要求

B. 经纪机构不成交不收费

C. 经纪机构的服务费用收取以客户承受能力为限

D. 以佣金为惟一的收入来源

E. 不成交只收少量的看房费

54. 房地产经纪人员必须有完善的知识结构，这一知识结构的核心内容包括（　　）。

A. 法律及经济知识　　　　　　　　B. 房地产经纪的基本理论

C. 房地产经纪的实务知识　　　　　D. 文学知识

E. 社会心理学知识

55. 对信息的分析方法包括（　　）。

A. 定性分析　　　　　　　　　　　B. 数学处理分析

C. 市场分析　　　　　　　　　　　D. 比较分析

E. 因果关系分析

56. 下列关于境内外房地产经纪机构在我国设立的分支机构的表述中，正确的有(　　)。

A. 分支机构能独立开展经纪业务，具有法人资格

B. 分支机构财务上可以独立经济核算

C. 分支机构解散后，房地产经纪机构对其解散后尚未清偿的全部债务承担责任

D. 分支机构首先以自己的财产对外承担责任

E. 分支机构解散后，房地产经纪机构对其解散后尚未清偿的全部债务承担责任，但未到期债务除外

57. 在房地产经纪机构注销时，下列对尚未完成的房地产经纪业务所采取的处理方式中，不正确的有（　　）。

A. 注销后再终止合同并赔偿损失

B. 注销后直接将业务转由他人代为完成

C. 注销前直接终止合同并赔偿损失

D. 注销前直接将业务转由他人代为完成

E. 在符合法律规定的前提下，与委托人约定采用适当方式完成

58. 房地产经纪人与房地产经纪机构之间有（　　）关系。

A. 主从　　　　　B. 经济　　　　　C. 执业　　　　　D. 支配

E. 法律责任

59. 下列房地产转让流程中，属于商品房销售基本流程的有（　　）。

A. 购房人查询楼盘的基本情况

B. 购房人与商品房开发商订立商品房买卖合同

C. 办理预售合同文本登记备案

D. 商品房竣工后，开发商办理初始登记交付房屋

E. 办理交易过户登记手续

60. 商品房买卖合同示范文本的主要条款包括（　　）。

A. 计价方式及价款　　　　　　　　B. 面积差异处理办法

C. 规划、设计变更的约定　　　　　D. 商品房价格鉴定机构

E. 争议处理办法

61. 确定一宗房产或地产是否设定了抵押权的方法有（　　）。

A. 查看该土地的土地使用证

B. 查看该在建房产的建设用地规划许可证

C. 查看该期房的建设进度

D. 查看该房产的房屋所有权证

E. 到房地产登记机关查询

62. 下列关于房地产抵押权设定的各种表述中，正确的有（　　）。

A. 抵押双方到登记机关办理抵押登记

B. 抵押权人保管房地产他项权利证书

C. 抵押人保管经注记的房地产权属证书

D. 登记机构保管房地产权属证书

E. 债务履行完毕，抵押权人向登记机关办理抵押注销手续，并通知抵押人

63. 房地产买方代理业务是房地产经纪人以委托人名义（　　）的行为。

A. 承租房屋　　　　B. 出让房屋　　　　C. 购买住宅　　　　D. 购买商业用房

E. 出售商品房

64. 当委托人已有初步委托意向时，房地产经纪人要与其进行业务洽谈，洽谈内容涉及（　　）。

A. 查清委托人是否对委托事务具有相应的权利

B. 了解委托人的主体资格及信誉

C. 确认委托房地产的市场价格

D. 向委托人履行告知义务

E. 与委托人协商签订房地产代理合同

65. 为避免房地产代理经济纠纷，房地产卖方代理合同应明确的条款有（　　）。

A. 交易价格范围　　　　　　　　　　B. 销售时间和进度

C. 销售中投入的人员数　　　　　　　D. 不同价格下佣金的计算标准

E. 商品房销售过程中广告费用的支付方式和时间安排

66. 房地产居间业务流程中的主要环节有（　　）。

A. 居间业务洽谈

B. 物业投资

C. 代理委托人办理房地产权属登记备案

D. 信息收集与传播

E. 佣金结算

67. 房地产租赁居间业务主要包括（　　）。

A. 新建商品房的期权预租　　　　　　B. 新建商品房现房出租

C. 存量房屋的出租　　　　　　　　　D. 存量房屋的期权预租

E. 存量房屋的转租

68. 下列关于房地产居间与房地产代理的主要区别的表述中，正确的有（　　）。

A. 房地产居间人可以同时接受一方或相对两方委托人的委托

B. 房地产代理人只能接受一方委托人的委托

C. 房地产居间人不能以委托人的名义签订交易合同

D. 房地产代理人不能以委托人的名义签订交易合同

E. 房地产居间人可以以委托人的名义签订交易合同

69. 属于房地产初始登记的有（　　）。

A. 土地使用权初始登记

B. 新建成房屋所有权初始登记

C. 集体土地上的房屋转为国有土地上的房屋的登记

D. 房地产权属总登记

E. 商品房出售后的第一次分户登记

70. 针对以出让方式取得的土地和以划拨方式取得的土地，土地使用权初始登记所提交的文件不同的是（　　）。

A. 身份证明　　　　　　　　　B. 土地使用权出让合同

C. 土地勘测报告　　　　　　　D. 建设用地批准文件

E. 已付清土地出让金的证明

71. 属于房地产变更登记的事项有（　　）。

A. 房屋坐落地的门牌号发生改变　　B. 房屋的权利人发生变更

C. 房屋的面积发生变化　　　　　　D. 房屋的改扩建

E. 房屋的装修发生改变

72. 申请房地产变更登记应提交的文件有（　　）。

A. 证明房地产发生变更事实的文件

B. 身份证明

C. 房地产权属证书

D. 建设项目规划许可证

E. 房屋灭失证明

73. 对房地产经纪信息的鉴别，就是对房地产经纪信息的（　　）等进行分析。

A. 准确性　　　　B. 规律性　　　　C. 真实性　　　　D. 权威性

E. 可信性

74. 根据工作周期，经加工整理形成的房地产经纪信息表格一般分为（　　）。

A. 日报表　　　　B. 周报表　　　　C. 月报表　　　　D. 综合信息表

E. 专项信息表

75. 房地产经纪行业管理的目的在于规范房地产经纪活动，并协调房地产经纪活动中所涉及的各类当事人，包括（　　）之间的关系。

A. 有关政府主管部门　　　　　B. 房地产经纪机构

C. 房地产经纪人员　　　　　　D. 房地产中介行业协会

E. 房地产经纪活动服务对象

76. 对于以信息为主要资源的房地产经纪行业，其管理的特点主要表现在应注重（　　）。

A. 对行业专业技术的管理

B. 对房地产经纪业务网络的管理

C. 对行业竞争与协作的管理

D. 对房地产经纪业诚信的管理

E. 对房地产经纪纠纷的管理

77. 房地产经纪活动既是一种民事行为，也是一种中介活动。因此，房地产经纪活动应当遵循的原则有（　　）。

  A. 诚实守信原则　　　　　　　　　　B. 公开原则

  C. 平等原则　　　　　　　　　　　　D. 自愿原则

  E. 客观公正原则

78. 侵权行为的构成要件包括（　　）等。

  A. 行为违法

  B. 不可抗力

  C. 违法行为与损害事实任有其一

  D. 有损害事实

  E. 主观过错

79. 在中国香港地区，所有房地产代理机构均须取得牌照方可营业，牌照的种类分为（　　）。

  A. 地产代理（个人）牌照　　　　　　B. 地产代理（公司）牌照

  C. 营业员牌照　　　　　　　　　　　D. 操作员牌照

  E. 促销员牌照

80. 美国对失职或在执业中出现问题的房地产经纪人采取的主要措施有（　　）。

  A. 拒发牌照　　　　B. 罚款　　　　C. 暂停牌照　　　　D. 吊销执照

  E. 行政处罚

三、综合分析题（共20小题，每小题2分。每小题的备选答案中有一个或一个以上符合题意，请在答题卡上涂黑其相应的编号。错选不得分；少选且选择正确的，每个选项得0.5分。）

（一）

张某拥有一间商铺，并用该商铺向银行抵押贷款，抵押合同约定：张某如欲出售、出租该商铺，应征得银行的书面同意。张某委托甲房地产经纪机构的房地产经纪人李某出租该商铺，并答应该业务完成后给李某"好处费"。李某为了隐瞒这笔业务，便用偷盖了甲房地产经纪机构印章的空白合同与张某订立了委托合同，委托合同约定的佣金为每年两个月的租金收入。后来李某找到王某，游说王某委托李某个人为其承租商铺，李某代表王某与张某订立了房屋租赁合同，该合同的租赁双方均有李某的签名，出租方有张某的签名，李某向张某出具了王某的授权委托书，委托书载明王某委托李某全权代理承租商铺事宜（合同期限不长于10年）。

81. 关于张某与甲房地产经纪机构订立的委托合同一事，下列表述中，正确的有（　　）。

  A. 有效　　　　　　　　　　　　　　B. 无效

  C. 效力待定　　　　　　　　　　　　D. 该合同由李某个人承担责任

82. 关于佣金和"好处费",下列表述中不正确的有 (　　)。

A. 李某个人不能收受"好处费"

B. 甲房地产经纪公司收取的佣金应按合同约定的标准,但应当符合国家有关规定

C. 如果该经纪业务未做成,张某自愿支付给李某"跑路费",李某就可以收取

D. 如果该经纪业务未做成,而委托合同约定:甲房地产经纪公司仍可以要求张某支付从事该经纪活动支出的必要费用1200元。甲房地产经纪公司据此收取了张某1200元

83. 下列关于上述房屋租赁合同的表述中,正确的有 (　　)。

A. 有效

B. 无效

C. 经过王某签名确认后有效

D. 如果租赁期限为历年,即使王某在其上签名确认,该租赁合同仍然无效

84. 若王某在承租期内,因张某不能归还银行到期的抵押贷款,银行依法行使抵押权,处分该商铺,则下列表述中正确的有 (　　)。

A. 王某的装修损失由张某承担

B. 李某如果告知王某该商铺已抵押,王某仍然委托李某订立租赁合同,李某不对王某的装修损失承担责任,甲房地产经纪机构也不承担责任

C. 银行不承担王某的装修损失

D. 该租赁合同因未经银行书面同意而无效,甲房地产经纪机构和李某因此不对王某的装修损失承担责任

85. 下列关于李某的上述经纪业务活动的表述中,正确的有 (　　)。

A. 李某私自收取"好处费"违规,其他行为不违背经纪人执业的基本规范

B. 李某如将收取的"好处费"上交甲房地产经纪机构,就不存在其他违规行为

C. 即使李某未收取"好处费",仍然存在违规行为

D. 该经纪业务如对王某造成损失,则甲房地产经纪机构应承担侵权赔偿责任

86. 该商铺的租赁合同未经银行书面同意,银行因此享有的权利义务有 (　　)。

A. 宣布该租赁合同无效

B. 追究张某的违约责任

C. 从发现张某擅自出租商铺之日起,直接收取王某应当支付的房屋租金

D. 一旦发现张某擅自出租商铺,立即将承租户王某驱逐

(二)

有一旧厂房(该工厂土地为划拨地)委托中介机构代为出售。中介机构为其找到了买受人,但成交后办理过户手续时,发现该工厂所用土地按城市规划要求4年后将成为公共绿地。为此,该地块使用年限仅有4年。

87. 如果中介机构的信息库中有适宜的买方信息,直接为其撮合成交,则标的物的瑕疵由 (　　) 负责。

A. 委托人　　　　　B. 中介机构　　　　　C. 买受人　　　　　D. 政府

88. 如果通过拍卖转让给最高竞买者,则标的物的瑕疵由 (　　) 负责。

A. 委托人　　　　　B. 中介机构　　　　　C. 买受人　　　　　D. 政府

89. 对于房地产拍卖,意味着拍卖全过程结束的是 (　　)。

A. 拍卖物交付　　　B. 产权过户　　　　C. 拍卖结算　　　　D. 拍卖师承担

（三）

甲房地产开发商为尽快收回资金，拟销售其正在开发的在建住宅项目。为此，甲房地产开发商委托乙房地产经纪机构为其办理商品房预售手续。取得商品房预售许可证之后，甲房地产开发商委托乙房地产经纪机构为其提供订立房地产预售的媒介服务。该项目销售到最后只剩余少许零散房屋，甲房地产开发商拟全部降价出售。在这种情况下，乙房地产经纪机构将其全部买断伺机出售，赚取批零差价和时间差价。

90. 乙房地产经纪机构的上述经纪活动中包括（　　）。

A. 代理　　　　B. 居间　　　　C. 买方代理　　　　D. 卖方代理

91. 下列关于乙房地产经纪机构将剩余的房屋全部买断行为的表述中，正确的有（　　）。

A. 房地产交易活动

B. 属于卖方代理

C. 该行为合法

D. 该行为有违房地产经纪的基本职业规范的要求

92. 下列关于甲房地产开发商办理商品房预售许可证应具备条件的表述中，正确的有（　　）。

A. 甲房地产开发商已交付部分土地使用权出让金，取得土地使用权证书

B. 甲房地产开发商持有建设工程规划许可证

C. 向县级以上人民政府土地和房产管理部门办理预售登记

D. 甲房地产开发商已经确定该住宅建设项目的施工进度和竣工交付日期，投入开发建设的资金达到工程建设总投资的 25% 以上

93. 甲房地产开发商取得预售许可证后进行预售，其基本流程有（　　）。

A. 订立商品房预售合同

B. 甲房地产开发商应该及时办理商品房预售合同登记备案

C. 商品房竣工后，甲房地产开发商交付房屋

D. 由购房人自行办理商品房预售合同登记备案

94. 预购人赵某在订立商品房预售合同 3 个月后，又拟将所购商品房转让。赵某委托乙房地产经纪机构的经纪人董某代为出售。下列表述中，不正确的有（　　）。

A. 乙房地产经纪机构可以接受赵某委托

B. 乙房地产经纪机构不应接受委托，而董某个人可以接受委托

C. 乙房地产经纪机构如接受赵某委托，不必告知甲房地产开发公司

D. 乙房地产经纪机构如接受赵某委托，可指派董某与赵某签订经纪合同

（四）

陈某与同事张某合住在公司分配的一套两室一厅的公寓内，此住房作为公司对员工的住房福利，不收取租金；水电等费用由陈某、张某共同负担。2000 年 2 月公司暂调张某去省外的分公司工作，于是陈某一人住在这套公寓内。同年 4 月，陈某将张某的房间租给了大学生赵某，并就租金、租期、解除租约事项达成了书面协议。赵某预付了两个月房租后，住进了张某的房间。

95. 陈某出租房间的行为属于（　　）。

A. 房地产经纪行为
B. 房地产代理行为
C. 个人民事行为
D. 居间行为

96. 赵某在上述承租房屋的过程中，不应忽略的重要环节有（　　）。

A. 审查陈某的合法身份证明
B. 审查张某的合法身份证明
C. 审查该房屋的合法产权证明
D. 租房合同的备案手续

97. 下列关于该租房事宜的表述中，正确的有（　　）。

A. 该租房协议无效
B. 陈某收取的房租应归张某所有
C. 如陈某所在公司事后认可该租房协议，则该租房协议有效
D. 张某房间的私人物品出现丢失，张某可以要求陈某承担责任

（五）

王某需要购买一套商品住宅，但他没有时间去寻找适合自己的房源，于是找到甲房地产经纪公司。甲房地产经纪公司在听取了王某的要求后，答应帮其找合适的房源，并签订了经纪合同。经过 5 天时间，甲房地产经纪公司经纪人李某从乙房地产开发公司在建住宅项目中找到了适合王某的房源，乙房地产开发公司对该房的报价是总价款 20 万元，首付 30% 的房款，余款提供 20 年的抵押贷款，年贷款利率为 6%。

98. 李某评估该套住房价格为 19 万元，则下列表述中，正确的有（　　）。

A. 李某不能评估，应由房地产估价机构的房地产估价师进行评估
B. 李某可以评估，但不能收取评估费
C. 甲房地产经纪公司可以收取王某的评估费
D. 甲房地产经纪公司不能收取评估费，但因为李某为王某评估了该住房的价格，可以要求适当增加经纪佣金

99. 李某参加了王某与乙房地产开发公司的洽谈，帮助王某以 19.3 万元的价格订立了《商品房预售合同》，甲房地产经纪公司的这项业务活动属于（　　）。

A. 代理行为
B. 居间行为
C. 房地产投资咨询行为
D. 房地产价格咨询行为

100. 王某与乙房地产开发公司订立了《商品房预售合同》，并将所购商品房抵押给银行，办理个人购房贷款手续。需要到房地产登记部门办理备案登记的合同有（　　）。

A. 《商品房预售合同》
B. 《借款合同》
C. 《房地产抵押合同》
D. 《房地产经纪合同》

2005 年全国房地产经纪人执业资格考试试题

一、单项选择题（共 50 题，每题 1 分。每题的备选答案中只有一个最符合题意，请在答题卡上涂黑其相应的编号。）

1. 经纪是社会经济活动中的一种中介服务行为，具体是指以（ ）为目的，为促成他人交易而从事居间、代理、行纪等经纪业务的经济活动。

A. 提供交易信息　　　B. 收取佣金　　　　C. 从事居间业务　　　D. 从事代理业务

2. 房地产代理是指房地产经纪人以委托人的名义，在（ ）内，与第三方进行房地产交易，并向委托人收取佣金的行为。

A. 业务范围　　　　　　　　　　　B. 确保委托人利益的范围

C. 委托人授权范围　　　　　　　　D. 经营范围

3. 下列不属于服务本质特点的是（ ）。

A. 实物性　　　　　　　　　　　　B. 非实物性

C. 生产与消费的同时性　　　　　　D. 不可储存性

4. 房地产经纪人员应具备的职业技能主要包括收集信息、市场分析、人际沟通、（ ）和把握成交时机。

A. 谈判　　　　　B. 供求搭配　　　　C. 社会交际　　　　D. 把握客户心理

5. 房地产经纪人协理享有的权利是（ ）。

A. 加入房地产经纪机构　　　　　　B. 设立房地产经纪机构

C. 订立房地产经纪合同　　　　　　D. 指导房地产经纪人进行各种经纪业务

6. 职业道德在内容上具有一定的稳定性、连续性，在性质上具有（ ）。

A. 普遍性　　　　B. 合理性　　　　C. 专业性　　　　D. 社会性

7. 下列关于房地产经纪职业道德的表述中，不正确的是（ ）。

A. 房地产经纪职业道德与房地产经纪的有关法律法规具有相同的作用机制

B. 房地产经纪职业道德属于房地产经纪行业内部的集体约定

C. 房地产经纪职业道德主要通过良心和舆论来约束房地产经纪人员

D. 房地产经纪职业道德是房地产经纪行业内部形成的思想观念、情感和行为习惯的总和

8. 房地产经纪人员必须拥有完善的知识结构，该知识结构的核心是（ ）。

A. 房地产经济知识　　　　　　　　B. 房地产市场营销知识

C. 房地产风水知识　　　　　　　　D. 房地产经纪的基本理论与实务知识

9. 下列不属于房地产经纪机构义务的是（ ）。

A. 按规定标准收取佣金

B. 依照法律、法规和政策开展经营活动

C. 维护委托人的合法权益，为委托人保守商业秘密

D. 接受房地产管理部门的监督和检查

10. 在设立房地产经纪机构时，一般不涉及（ ）中的有关内容。

A. 城市房地产管理法   B. 公司法

C. 合伙企业法   D. 律师法

11. 采取下列方式处理房地产经纪机构注销时尚未完成的经纪业务，不正确的是（   ）。

A. 经与委托人协商，转由他人办理

B. 告知委托人不再办理

C. 经与委托人协商，终止合同并赔偿损失

D. 与委托人协商一致的其他符合法律规定的处理办法

12. 下列关于房地产经纪机构连锁经营模式的表述中，不正确的是（   ）。

A. 特许加盟连锁经营可以降低特许人的经营费用

B. 特许加盟连锁经营模式的母公司拥有各连锁店

C. 连锁经营模式主要有直营连锁经营模式和特许加盟连锁经营模式

D. 特许加盟连锁经营模式是直营连锁经营和特许经营相结合的一种经营模式

13. 下列关于房地产经纪机构分部制组织结构形式利弊的表述中，不正确的是（   ）。

A. 不利于培养高层管理者的后备人才

B. 各分部有较大的自主经营权

C. 有利于高层管理者摆脱日常事务

D. 有利于发挥分部管理者的积极性和主动性

14. 房地产转让最基本的形式是（   ）。

A. 房地产买卖   B. 房地产租赁   C. 房地产赠与   D. 房地产作价入股

15. 下列合同中，无需进行登记备案的合同是（   ）。

A. 商品房预售合同   B. 在建工程转让合同

C. 房地产租赁合同   D. 商品房抵押合同

16. 房地产交换的主要含义是（   ）。

A. 结算房屋差价   B. 房地产产权的互换

C. 预售合同权益的互换   D. 以房地产抵债

17. 按照建设部 2000 版《商品房买卖合同示范文本》，面积误差比是指（   ）。

A. 产权登记面积与套内建筑面积之差，除以产权登记面积之后得到的百分比

B. 产权登记面积与合同约定面积之差，除以合同约定面积之后得到的百分比

C. 产权登记面积与合同约定面积之差，除以产权登记面积之后得到的百分比

D. 产权登记面积与套内建筑面积之差，除以套内建筑面积之后得到的百分比

18. 出卖人将原购入的商品住宅出售时，下列关于二手房买受人权益的表述中，不正确的是（   ）。

A. 开发商提供的《住宅质量保证书》和《住宅使用说明书》一并转移给买受人

B. 通过约定，买受人可以提取房屋维修基金账户内原出卖人的结余款

C. 买受人与出卖人对欠交的物业管理费的结算方式可以进行约定

D. 在原房屋租赁合同约定的租赁期内，买受人应当认可承租人的承租权

19. 下列关于房屋租赁用途的表述中，正确的是（   ）。

A. 房屋租赁当事人双方可以约定该房屋的租赁用途

B. 承租人可以根据自己需要，随时改变租赁用途

C. 承租人要改变租赁房屋的用途，应当经租赁登记部门的允许

D. 房屋租赁应当符合房地产权属证书上载明的用途

20. 按照经纪活动方式的不同，房地产经纪业务可以分为（　　）。

A. 房地产转让经纪业务、房地产租赁经纪业务和房地产抵押经纪业务

B. 住宅房地产经纪业务、商业房地产经纪业务和工业房地产经纪业务

C. 房地产代理业务和房地产居间业务

D. 土地居间业务和房屋居间业务

21. 二手房经纪业务的基本共性是（　　）。

A. 经纪业务的主要形式是居间 　　　　B. 经纪业务的主要形式是代理

C. 标的房地产以单宗房地产为主 　　　D. 主要面向分散的机构客户

22. 下列必须进行房地产转移登记的情形是（　　）。

A. 房地产翻修 　　　　　　　　　　　B. 房地产合并

C. 房地产面积增加 　　　　　　　　　D. 房屋坐落的街道发生变化

23. 在美国，最常见的房地产代理业务类型是（　　）。

A. 联合专卖销售 　　　　　　　　　　B. 开放式销售

C. 卖主与经纪人独家销售 　　　　　　D. 经纪人独家销售

24. 下列不属于二手房居间业务售后服务内容的是（　　）。

A. 提供搬家信息咨询

B. 进行顾客满意度调查

C. 回访客户，以了解客户是否有新的要求

D. 向客户推荐购买房地产股票

25. 下列关于房地产纪经合同中解决争议方式的表述中，不正确的是（　　）。

A. 当事人没有在经纪合同中解决争议方式进行约定的，就不能选择仲裁方式

B. 当事人可以约定通过诉讼或者仲裁解决纠纷

C. 当事人没有在经纪合同中就争议解决方式进行约定的，必须先协商解决，协商不成可提起诉讼

D. 当事人在经纪合同中约定争议解决方式，有助于维护当事人双方的合法权益

26. 房地产开发企业将房屋出售（租）权同时委托给数家房地产经纪机构，按谁先代理成功谁获得佣金的代理方式称为（　　）。

A. 独家代理 　　　B. 联合代理 　　　C. 参与代理 　　　D. 共同代理

27. 下列不属于拍卖必须符合的条件是（　　）。

A. 应有两个以上的买主 　　　　　　　B. 要有竞争

C. 要有拍卖实物 　　　　　　　　　　D. 遵循价高者得的原则

28. 房地产拍卖机构接受了拍买委托之后，一般应先（　　）。

A. 调查与确认拍卖标的 　　　　　　　B. 确定拍卖底价

C. 发布拍卖公告，组织接待竞买人 　　D. 签订委托拍卖合同书

29. 新建的房屋，申请人应当在房屋竣工后的（　　）内向房地产登记机关申请房屋所有权初始登记。

A. 10 天　　　　　　B. 1 个月　　　　　　C. 2 个月　　　　　　D. 3 个月

30. 房地产经纪企业经营费用包括固定费用和流动费用，下列属于流动费用的是(　　)。

A. 税收　　　　　　　　　　　　B. 工资

C. 保险　　　　　　　　　　　　D. 支付给经纪人的酬金

31. 下列关于房屋租赁合同中租赁期限的表述中，不正确的是(　　)。

A. 房屋租赁期限不得超过 20 年，否则，租赁合同无效

B. 租赁期限超过 6 个月的，应当采用书面形式订立租赁合同

C. 房屋租赁期限超过 20 年的，租赁合同并非无效

D. 房屋租赁期限超过 20 年，超过部分无效

32. 楼盘广播上的图画属于房地产经纪信息的(　　)。

A. 语言要求　　　　B. 内容要素　　　　C. 载体要素　　　　D. 中介要素

33. 在房地产经纪信息加工整理的过程中，最关键的工作是对信息的(　　)。

A. 筛选　　　　B. 鉴别　　　　C. 编辑　　　　D. 研究

34. 房地产经纪人从楼书中收集了大量信息，这种搜集信息的途径属于(　　)。

A. 通过公开传媒收集信息　　　　B. 从有关单位内部获取信息

C. 现场收集信息　　　　　　　　D. 利用网络获取信息

35. 在房地产经纪机构的客观信息表格中，最重要的表格是(　　)。

A. 房源登记表　　　　　　　　　B. 销售进度登记表

C. 客户登记表　　　　　　　　　D. 房价信息表

36. 在房地产经纪机构的告示责任中，不必公示的内容是(　　)。

A. 营业执照

B. 主管部门制定的房地产经纪合同示范文本

C. 佣金标准及国家关于佣金的有关规定

D. 发票的式样和内容

37. 对于房地产经纪合同履行中发生的争议，不适宜的处置方式是(　　)。

A. 仲裁

B. 行政复议

C. 当事人协商解决

D. 向有关政府管理部门投诉，由其进行调解

38. 如果房地产经纪人未完成房地产经纪合同的委托事项，则(　　)。

A. 经纪机构不得收取佣金和其他任何费用

B. 经纪机构有权收取佣金

C. 如果合同有约定，经纪机构可以收取从事经纪活动的必要费用

D. 经纪人除了依合同约定可收取必要费用外，还可以索取佣金

39. 缔约过失责任属于(　　)。

A. 违约责任　　　　B. 侵权责任　　　　C. 合同责任　　　　D. 行政责任

40. 房地产经纪服务能有效解决供求双方信息不对称问题是由于房地产经纪服务的(　　)。

A. 复杂性　　　　　　　　　　　　B. 专业性

C. 信息来源的多渠道性   D. 有偿性

41. 房地产经纪企业风险管理要以（　　　）为主。

A. 预防风险   B. 控制风险   C. 分散风险   D. 转移风险

42. "以现有市场为主要对象，开发新的服务类型"属于房地产经纪企业发展战略中的
（　　　）。

A. 低成本战略   B. 聚集战略   C. 差异化战略   D. 多样化战略

43. 在房地产经纪企业发展战略中，属于一体化战略的是（　　　）。

A. 企业在效规模基础上，实施降低成本，控制企业运营成本的战略

B. 企业根据所在区位的特点，实施专门提供房屋租赁服务的企业发展战略

C. 企业根据自己的人员结构，在提供房地产经纪服务的基础上，实施提供房地产广告
设计、房地产产品设计等服务的企业发展战略

D. 企业在原有房地产经纪服务的基础上，实施家具生产、书刊印刷、影视制作等其他
产品的企业发展战略

44. 在选择经营模式时，房地产经纪企业考虑的主要因素是企业规模、规模化经营方式
和（　　　）。

A. 经纪企业类型   B. 是否有店铺   C. 资金实力   D. 市场环境

45. 下列不属于房地产经纪企业财务管理内容的是（　　　）。

A. 财务数据管理   B. 日常经营财务管理

C. 投资财务管理   D. 筹资财务管理

46. 下列关于中国内地房地产经纪行业组织的表述中，不正确的是（　　　）。

A. 房地产经纪人不能同时加入全国和地方的房地产经纪行业组织

B. 房地产经纪行业组织不是行政机构，按需设立是它遵循的原则

C. 房地产经纪行业组织是房地产经纪人员的自律性组织，是社团法人

D. 房地产经纪行业组织章程对参加组织的房地产经纪人员具有强制约束力

47. 在中国台湾地区，房地产经纪行业管理采取的模式是（　　　）。

A. 行政主管模式   B. 行业自治模式

C. 行政与行业自律并行的管理模式   D. 经纪机构自管模式

48. 房地产经纪纠纷管理属于房地产经纪行业的（　　　）。

A. 专业性管理   B. 规范性管理   C. 公平性管理   D. 监督性管理

49. 下列关于房地产纪经行业信用管理的表述中，不正确的是（　　　）。

A. 建立房地产经纪信用管理体系有利于规范房地产经纪人员的行为

B. 房地产经纪信用不包括房地产经纪人协理的信用档案

C. 房地产经纪信用管理通过建立房地产信用档案来实施

D. 建设部组织建立全国一级房地产企业及执业人员的信用档案

50. 根据美国反托拉斯法案的规定，房地产经纪机构负责人之间不能相互交流的信息是
（　　　）。

A. 房源信息   B. 经营模式

C. 收取客户多少佣金   D. 经纪人员的结构

二、多项选择题（共30题，每题2分。每题的备选答案中有两个或两个以上符合题意，请在答题卡上涂黑其相应的编号。错选不得分；少选且选择正确的，每个选项得0.5分。）

51. 下列不属于房地产经纪活动的有（　　）。
   A. 房地产居间　　B. 房地产开发　　C. 房地产经营　　D. 房地产物业管理
   E. 房地产行纪

52. 房地产经纪活动的作用具体体现在（　　）。
   A. 传播经济信息　　B. 加速商品流通　　C. 优化资源配置　　D. 提高行业信誉
   E. 推动市场规范完善

53. 下列关于房地产经纪人员义务的表述中，正确的有（　　）。
   A. 不得同时受聘用两家或两家以上的房地产经纪机构执行业务
   B. 为委托人保守商业秘密
   C. 依法发起设立房地产经纪机构
   D. 向委托人披露相关信息，保障委托人的权益
   E. 拒绝执行委托人发出的违法指令

54. 就思想观念而言，房地产经纪人员职业道德涉及的内容主要有（　　）。
   A. 专业修养　　B. 职业良心　　C. 执业理念　　D. 守法经营
   E. 职业责任感

55. 下列关于合伙制房地产经纪机构的表述中，正确的有（　　）。
   A. 合伙人以办公用房出资需要评估作价的，可以由注册房地产估价师评估
   B. 合伙人以办公用房出资需要评估作价的，可以由全体合伙人协商确定
   C. 合伙人对于合伙机构的债务承担无限连带责任
   D. 合伙人以其出资为限对机构债务承担责任
   E. 以家庭财产出资的，合伙人仅将其个人享有的财产用于承担合伙机构债务

56. 根据业务类型的不同，房地产经纪机构的类型主要有（　　）。
   A. 个人独资房地产经纪机构
   B. 房地产经纪公司
   C. 以租售代理居间为重点的实业房地产经纪机构
   D. 顾问型房地产经纪机构
   E. 管理型房地产经纪机构

57. 房地产经纪机构连锁店模式的优点主要有（　　）。
   A. 有总部门技术支持　　　　　　B. 专业化程度提升有体制保证
   C. 门店间市场信息共享　　　　　D. 管理成本低
   E. 决策快

58. 房地产经纪机构岗位设置的基本原则有（　　）。
   A. 因事设岗　　B. 因岗设人　　C. 能级原则　　D. 工作丰富化
   E. 最低岗位数量原则

59. 目前房地产买卖的主要类型有（　　）。
   A. 商品房销售　　B. 房地产赠与　　C. 二手房买卖　　D. 商品房内部认购
   E. 商品房预售

60. 按照建设部 2000 版《商品房买卖合同示范文本》，下列关于商品房销售的表述中，正确的有（　　）。

A. 对于因第三人原因而导致的产权纠纷，由买受人承担

B. 出卖人保证销售的商品房没有产权纠纷

C. 对于买受人买房时知道的商品房已经存在的权利瑕庇，由买受人承担

D. 买受人应当承担逾期交房的违约责任

E. 出卖人保证销售的商品房没有债权债务纠纷

61. 二手房的房屋买卖合同应包括的主要条款有（　　）。

A. 规划、设计变更的约定

B. 房屋的使用要求和修缮责任

C. 房屋的平面图、结构、配套设施等

D. 买卖房地产当时人的姓名或名称

E. 房地产买卖的价格、支付方式和期限

62. 下列关于房地产居间业务的表述中，正确的有（　　）。

A. 房地产经纪机构可以向房地产交易的当事人双方收取佣金

B. 房地产经纪机构只能向房地产交易的一方当事人收取佣金

C. 房地产经纪机构可以为委托人的利益而成为与第三方订立合同的当事人

D. 房地产指示居间和房地产媒介居间往往是相互独立，各自促成房地产交易

E. 房地产居间使得房地产交易的当事人一方承担的佣金，往往比代理业务中承担的佣金要低

63. 下列关于房地产代理业务洽谈的表述中，正确的有（　　）。

A. 房地产经纪人员应当充分了解客户的意图

B. 要查清委托人是否对拟委托的房地产享有处分权

C. 提供给客户一个代理合同的格式文本，客户先签订代理合同，然后再开始开展代理工作

D. 了解、核实客户的有关证件

E. 向客户告知房地产经纪机构的名称、资格等内容

64. 在二手房代理业务中，房地产查验的基本途径有（　　）。

A. 进行广泛的市场调研　　　　　　　　B. 文字资料了解

C. 向政府部门了解　　　　　　　　　　D. 现场实地查看

E. 向有关人员了解

65. 下列属于卖方代理业务的有（　　）。

A. 某房地产开发公司委托房地产经纪公司销售商品房

B. 某人委托房地产经纪公司出租其所有的一套楼房

C. 房地产经纪公司为某计算机公司寻找办公场所

D. 房地产经纪公司为某人将其市中心的两居室置换为郊区的三居室

E. 某跨国公司委托房地产经纪公司为其外籍雇员办理在华公寓承租手续

66. 新建房屋所有权初始登记时需要提交的文件有（　　）。

A. 已付清土地使用权出让金的证明　　　B. 土地使用权证

C. 建设用地规划许可证　　　　　　　　D. 建设工程规划许可证

E. 房屋竣工验收资料

67. 房地产价格咨询是房地产经纪咨询业务的一种，下列表述中正确的有（　　）。

A. 最高最佳使用原则是房地产价格评估的基本原则之一

B. 在评估房地产价格时，不需要注重房地产"同一供求圈"的界定

C. 房地产价格咨询与鉴证性的估价相同

D. 房地产经纪人员提供价格咨询时，不一定提供一个确切的价格值

E. 房地产交易中最敏感、最关键的因素就是价格

68. 下列关于房地产抵押款业务的表述中，正确的有（　　）。

A. 购房抵押贷款的贷款金额上限一般为所购房价的80%

B. 住房公积金贷款是房地产开发贷款的一种

C. 借款人办理抵押贷款应提交抵押物价值证明

D. 申请住房公积金贷款，须持有申请人工作单位证明

E. 住房公积金贷款与商业贷款相结合派生出个人住房组合贷款

69. 下列属于房地产法律咨询服务的有（　　）。

A. 某开发商就签订商品房预售合同中的一些法律问题向房地产经纪人询问

B. 请房地产经纪人审查自己与他人签订的住房租赁合同

C. 某人委托经纪人代自己签订二手房买卖合同

D. 受某开发商委托，房地产经纪机构到某市进行法律环境调研

E. 某人购置了一套新建商品房，后来因质量问题与开发商发生了纠纷，最后请某个经纪机构代自己向法院提起诉讼

70. 房地产经纪信息包括（　　）。

A. 房源信息　　　　　　　　　　　　　B. 客户信息

C. 房地产市场信息　　　　　　　　　　D. 区域经济发展状况信息

E. 房地产经纪行业信息

71. 房地产经纪信息的利用主要包括（　　）。

A. 规范房地产经纪行业

B. 促进房地产经纪的发展

C. 提升房地产经纪服务的附加值

D. 以信息提供的具体内容指导房地产经纪业务

E. 发布房地产经纪信息来影响消费者

72. 房地产经纪机构企业信息化包括（　　）。

A. 决策自动化　　　　　　　　　　　　B. 财务核算自动化

C. 办公自动化　　　　　　　　　　　　D. 业务处理自动化

E. 客户服务自动化

73. 房地产经纪机构和人员违规执业，按照其违反规定的性质不同及所承担法律责任和方式的不同，可以分为（　　）。

A. 违约责任　　　B. 侵权责任　　　C. 民事责任　　　D. 行政责任

E. 刑事责任

74. 房地产经纪机构的违约行为包括（　　）。

A. 不可抗力　　　B. 履行不能　　　C. 履行迟延　　　D. 履行不当

E. 履行拒绝

75. 房地产经纪机构承担侵权责任的主要方式有（　　）。

A. 罚金　　　　　B. 消除危险　　　C. 违约金　　　　D. 赔偿损失

E. 赔礼道歉

76. 房地产经纪企业面临的个别风险有（　　）。

A. 政策风险　　　B. 经营风险　　　C. 市场风险　　　D. 决策风险

E. 财务风险

77. 房地产经纪企业人力资源管理的基本原理有（　　）。

A. 适应原理　　　B. 团队原理　　　C. 搭配原理　　　D. 同素异构原理

E. 能级层序原理

78. 下列关于房地产经纪行业规则的表述中，正确的有（　　）。

A. 房地产经纪行业规则与房地产经纪管理法规有同等效力

B. 房地产经纪行业规则与乡规民约有同等效力

C. 房地产经纪行业规则是业内人员的共同意愿

D. 房地产经纪行业规则是对业内企业和人员具有法律约束力

E. 房地产经纪行业组织可以对严重违反房地产经纪行业规则的个人开除会员资格

79. 房地产经纪行业管理的专业性主要体现在（　　）。

A. 行业竞争与协作的管理

B. 房地产经纪业的诚信管理

C. 重视房地产经纪管理的地域性

D. 对房地产经纪人员的职业风险进行管理

E. 对房地产经纪活动主体实行专业资质、资格管理

80. 房地产经纪活动中常见的纠纷类型有（　　）。

A. 购房定金造成的纠纷

B. 缔约过失造成的纠纷

C. 合同不规范造成的纠纷

D. 服务标准与收取佣金标准差异造成的纠纷

E. 房屋质量造成的纠纷

三、综合分析题（共 20 题，每题 2 分。由单项选择题和多项选择题组成。请在答题卡上涂黑其相应的编号。错选不得分；少选且选择正确的，每个选项得 0.5 分。）

（一）

甲房地产经纪公司（以下简称甲公司）经纪人杨某与客户王某洽谈一笔房地产买卖经纪业务，杨某私下告诉王某他有比本公司其他经纪人更丰富的房源，因为他同时还在其他经纪机构兼职。后来，杨某代表甲公司与王某订立房屋买卖经纪合同。合同约定：杨某接受委托，代理王某购买一间办公用房，但该办公用房是否存在租赁抵押等权利瑕疵，甲公司和杨某本人一概不负责。若代理不成功，只收取佣金 5000 元；代理成功后，佣金按成交价格的

2.3% 收取。杨某通过乙房地产经纪公司（以下简称乙公司）寻找到房源，并与乙公司签订房屋买卖合同，合同约定乙公司将丙公司的一间办公用房过户给王某，转让价格为 90 万元，其中 80 万元支付给丙公司，余下 10 万元杨某收取 1.8 万元佣金，8.2 万元归乙公司。王某按杨某的要求分别支付 90 万元的房价款和 2.07 万元的佣金后，在房屋交付前杨某代办房屋过户的过程中，发现其购买的办公用房原来已同丙公司办理了抵押登记，担保了丙公司的一笔 50 万元的建行贷款，该贷款半年后到期。王某因此与甲公司发生纠纷。

81. 下列关于甲公司与王某订立的房屋买卖经纪合同的表述中，正确的为（　　）。

A. 代理不成功，不该收取 5000 元佣金

B. 代理不成功，可以按约定收取经纪成本费用 800 元

C. 可以约定甲公司对该办公用房是否存在租赁、抵押等权利瑕庇不承担责任但杨某应承担责任

D. 代理不成功，经纪机构不应收取任何费用

82. 该办公用房的所有权人为（　　）。

A. 给丙公司贷款的建行　　　　　　　　B. 丙公司

C. 王某　　　　　　　　　　　　　　　D. 乙公司

83. 乙公司在该笔经纪业务中存在的违法行为是（　　）。

A. 赚取差价

B. 其与杨某订立的房屋买卖合同

C. 未调查丙公司委托其出售的办公用房是否存在租赁、抵押

D. 未通知杨某所在的甲公司

84. 对于王某的损失，他应首先找（　　）承担责任。

A. 甲公司　　　　B. 经纪人杨某　　　　C. 乙公司　　　　D. 丙公司

85. 杨某在从事该笔经纪业务中的违法行为是（　　）。

A. 在其他经纪机构兼职　　　　　　　　B. 到乙公司寻找房源

C. 与乙公司订立房屋买卖合同　　　　　D. 未调查清楚办公用房的具体情况

（二）

王某购买了一套二手房，面积为 80m²。两年后，王某委托甲房地产经纪公司（以下简称甲公司）出售。甲公司派出房地产经纪人李某与王某接洽并签订了委托合同。合同中约定：由甲公司以王某的名义为寻找买方，并签订出售合同；出售价格最低为 2800 元/m²，佣金为成交价的 3%。一个月后，该房屋仍未卖出。于是李某建议王某降价，王某同意将最低出售价格定为 2500 元/m²。降价后甲公司立即将房屋出售给赵某，甲公司和赵某协商价格为 2550 元/m²，而甲公司告知王某成交价格为 2500 元/m²。赵某入住之后，赵某意外地接到物管公司追收原拖欠的物业管理费 5000 元，水电气费 248 元的通知，买卖双方为此发生纠纷。

86. 甲公司与王某签订的房屋出售委托合同，属于（　　）。

A. 买方居间合同　　　　　　　　　　　B. 卖方代理合同

C. 买方代理合同　　　　　　　　　　　D. 卖方居间合同

87. 关于甲公司与赵某协商价格与告知王某的成交价格不一致的事件，下列表述中正确的为（　　）。

A. 甲经纪公司赚取房屋价格差价，属于房地产经纪活动中禁止的行为

B. 李某建议王某降价，是其获取收益的一种合法手段

C. 对李某的降价建议，王某应视为甲公司的行为

D. 对成交价格高于最低价格的收入，应在甲公司和王某之间平均分配

88. 关于赵某入住后与物管公司就有关欠费支付问题的纠纷，下列表述中正确的为（　　）。

A. 物业管理费、水电气费是以业主名为交纳账户的

B. 对于物管公司的催收费用，应当根据买卖合同的约定处理

C. 物业管理费、水电气费是以房屋单位为交纳账户的

D. 赵某应当交纳，并不得向王某追偿，因为已经办理房屋交接手续

89. 针对房地产经纪人李某的经纪活动，下列表述中正确的为（　　）。

A. 甲经纪公司不应当指派李某与王某订立经纪合同

B. 如果赵某入住后支付了物管公司催收的物管费、水电气费等，李某个人有赔付责任

C. 对于李某的经纪活动，应由甲经纪公司承担责任

D. 因为甲经纪公司收取了房屋差价，物管公司催收的物管费、水电气费等应由甲经纪公司支付

90. 在接受王某委托之前，甲公司应查验收的房地产内容为（　　）。

A. 房地产的物质状况　　　　　　　　B. 委托人的财务状况

C. 房地产的权属状况　　　　　　　　D. 房地产的环境状况

（三）

甲房地产开发公司（以下简称甲公司）建设一住宅小区。2005 年 6 月，甲公司取得当地房地产管理部门颁发的商品房预售许可证，并委托乙房地产经纪公司（以下简称乙公司）独家代理出售。2005 年 7 月，孙某签订了商品房预售合同，并在合同中约定："房屋建筑面积为 150m^2。房屋交付后，如产权登记面积与合同约定面积发生差异时，按照《商品房销售管理办法》有关规定处理。"2005 年 8 月，甲公司经有关部门批准调整了原规划设计，孙某所购买的该套房屋的建筑面积调整为 155m^2，并书面通知孙某。该小区综合验收合格后，经房产测绘单位实测，孙某所购买的该套房屋的套内建筑面积为 123m^2，套内阳台建筑面积为 3m^2，分摊的共有建筑面积为 31m^2。

91. 甲公司预售商品房时，应当具备（　　）等条件。

A. 取得土地使用权证

B. 投入资金达到工程建设总投资的 20% 以上

C. 取得建设工程规划许可证

D. 取得商品房预售许可证

92. 乙公司代理预售商品房须向购房人出示（　　）。

A. 商品房预售许可证　　　　　　　　B. 商品房销售广告

C. 房屋综合验收合格证明　　　　　　D. 甲公司出具的商品房销售委托书

93. 关于孙某签订商品房预售合同，下列表述中正确的为（　　）。

A. 孙某应当与甲公司人员直接洽谈和订立预售合同

B. 孙某应当与乙公司订立预售合同

C. 孙某通过与乙公司的房地产经纪人洽谈，最终与甲公司订立预售合同

D. 孙某应当与乙公司人员直接订立预售合同

94. 关于乙公司的独家代理，下列表述中正确的为（　　）。

A. 乙公司可以自主委托其他房地产经纪公司共同代理

B. 甲公司销售的房屋是否计入乙公司的销售业绩，视甲乙双方订立的代理合同而定

C. 如果取得甲公司书面同意，乙公司可以与其他房地产经纪公司共同代理

D. 甲公司未经乙公司同意不得将该项目委托丙公司代理

95. 孙某收到甲公司规划设计变更书面通知之日起（　　）日内未作出书面答复的视为接受。

A. 5　　　　　　　B. 10　　　　　　　C. 15　　　　　　　D. 20

96. 在办理房屋产权登记时，孙某购买的房屋建筑面积应登记为（　　）。

A. 150　　　　　　B. 154　　　　　　C. 155　　　　　　D. 157

（四）

王某从某大学房地产专业毕业后进入甲房地产经纪公司从事房屋销售。凭上大学四年所学的专业知识，王某的销售业绩很好，收入颇丰。但是，近年他的心情越来越糟，因为许多亲戚、朋友都对他的职业不认同，而且与他同时进公司的张某，大学学的不是房地产企业，原来的销售业绩远远落后于王某，但最后却慢慢赶了上来。一天，王某照例身着他最喜爱的名牌 T 恤和牛仔裤来到售楼处，一进门便看到身着白衬衣和藏青色西裤，打着暗红条纹领带的张某正在翻阅售楼处昨天的电话记录，王某在心理骂了一句："假正经"。这时电话铃响了，王某迅速冲过去接起电话："喂，你找谁?"当电话里传来"我找张先生"的声音时，王某说了句"他不在"便将电话挂断。

97. 作为一名房地产经纪人员，王某在（　　）方面存在不足。

A. 心理素质　　　B. 着装风格　　　C. 职业道德　　　D. 接听电话的速度

98. 王某在职业道德方面特别需要提高的素质是（　　）。

A. 守法经营　　　B. 以"诚"为本　　　C. 尽职守责　　　D. 公平竞争

99. 王某接起电话时，应当说（　　）。

A. 您好! 甲房地产经纪公司，请问有什么需要我为您服务的

B. 您好! 请问您是哪位

C. 您好! 对不起，让您久等了，请问有什么需要我为您服务的

D. 您好! 您是××吧? 请问有什么需要我为您服务的

100. 王某应着重提高（　　）的心理素质。

A. 自知、自信　　　B. 乐观、开朗　　　C. 坚韧、奋进　　　D. 公平、合作

2006 年全国房地产经纪人执业资格考试试题

一、单项选择题 （共 50 题，每题 1 分。每题的备选答案中只有一个最符合题意，请在答题卡上涂黑其相应的编号）

1. 经纪的产生和发展是以（　　　）为前提的。
   A. 商品生产和商品交换　　　　　　B. 社会分工和产业分离
   C. 物物交换和钱物交换　　　　　　D. 制度改革和经济改革

2. 下列关于房地产经纪可以降低房地产交易成本的原因的表述中，不正确的是（　　　）。
   A. 提高了房地产交易过程中的顾客汇集程度
   B. 提高了房地产商品展示的效率
   C. 提供了房地产专业服务
   D. 提供了房地产交易的信用保证

3. 下列关于房地产居间与房地产代理的表述中，正确的是（　　　）。
   A. 对于房地产居间业务，房地产经纪机构可以同时接受一方或相对两方委托人的委托
   B. 对于房地产居间业务，房地产经纪人可以同时接受一方或相对两方委托人的委托
   C. 对于房地产代理业务，房地产经纪机构可以同时接受相对两方委托人的委托
   D. 对于房地产代理业务，房地产经纪人可以同时接受相对两方委托人的委托

4. 下列所述行为中，符合房地产经纪人员职业道德基本要求的是（　　　）。
   A. 房地产经纪人员要收取"看房费"
   B. 房地产经纪人员要满足客户的所有要求
   C. 房地产经纪人员要促成房地产交易
   D. 房地产经纪人员要诚实地向客户告知自己的所知

5. 下列关于房地产经纪人注册条件的表述中，不正确的是（　　　）。
   A. 需要持有《中华人民共和国房地产经纪人执业资格证书》
   B. 经所在房地产经纪机构考核合格
   C. 解除刑事处罚满两年
   D. 身体健康，能坚持在注册房地产经纪人岗位上工作

6. 甲房地产经纪机构聘用了没有房地产经纪人职业资格的李某从事经纪业务。甲机构和李某的行为违反了房地产经纪人员职业道德基本要求中的（　　　）。
   A. 恪守信用　　　　B. 尽职守责　　　　C. 守法经营　　　　D. 以诚为本

7. 赵某经注册取得了《中华人民共和国房地产经纪人注册证书》。当赵某（　　　）时，中国房地产估价师与房地产经纪人学会可以收回其注册证书。
   A. 下落不明 12 个月
   B. 因出国深造，离开房地产经纪岗位 12 个月
   C. 因车祸失去一条腿
   D. 受刑事处罚，缓刑期间

8. 下列关于房地产经纪机构设立分支机构的表述中，正确的是（　　　）。

A. 设立房地产经纪分支机构，没有专业人员的数量限定

B. 国内房地产经纪机构不需要国内相关部门审批，可以直接在境外设立分支机构

C. 个人独资房地产经纪机构不能设立分支机构

D. 设立的房地产经纪分支机构实行独立核算，不具有法人资格

9. 下列不属于房地产经纪机构权利的是（   ）。

A. 委托人提供不实信息，房地产经纪机构有权中止经纪业务

B. 按照国家有关规定制定机构内部各项规章制度

C. 向房地产管理部门提出实施专业培训的要求

D. 督促房地产经纪人员认真履行经纪义务

10. 下列关于房地产特许经营模式的表述中，不正确的是（   ）。

A. 特许人对商标、专利拥有所有权

B. 受许人对服务标志、独特概念、经营诀窍拥有所有权

C. 受许人需要支付权利使用费

D. 特许经营可以在其授权合同中设立控制条款，以指导受许人的经营活动

11. 房地产经纪机构最新的内部组织结构模式是（   ）。

A. 网络制　　　　　　B. 分部制　　　　　　C. 直线—参谋制　　　D. 矩阵制

12. 房地产经纪机构可以采用多店模式或连锁店模式。下列关于这两种模式管理成本的表述中，正确的是（   ）。

A. 多店模式管理费用低，连锁店管理层次少且管理成本低

B. 多店模式管理费用低，连锁店管理层次少但管理成本高

C. 多店模式管理费用低，连锁店管理层次多且管理成本高

D. 多店模式管理费用高，连锁店管理层次多且管理成本高

13. 下列关于房地产抵押的表述中，不正确的是（   ）。

A. 现房抵押是指获得所有权的房屋及其占用范围的土地使用权设定抵押

B. 抵押人保管房地产他项权利证明

C. 抵押人如要转让已设定抵押的房地产，一定要以书面形式通知抵押权人

D. 房地产抵押合同所设立的抵押权与其担保的债权同时存在

14. 对于存在两个以上抵押权人的房地产，如果需要变更抵押合同的抵押权人，必须（   ）。

A. 征得所有抵押权人的同意

B. 征得所有前顺位抵押权人的同意

C. 征得所有后顺位抵押权人的同意

D. 无需征得其他抵押权人的同意

15. 下列关于房屋租赁合同承租人权利义务的表述中，不正确的是（   ）。

A. 承租人确有必要更改原有设施的，应征得出租人书面同意

B. 承租人确有必要更改原有设施的，应按照物业管理规定实施

C. 房屋维修责任一般由出租人承担

D. 租赁期满承租人在返还房屋时需要将房屋恢复原状

16. 房地产交换是房地产转让的一种方式，下列关于房地产交换的表述中，正确的是

（　　）。

A. 房地产交换只能是公房与公房、私房与私房之间的交换

B. 换房双方要签订住房差价换房合同

C. 换房双方到房地产登记机构办理换房合同登记即可

D. 换房双方无须办理房屋产权交易过户手续

17. 下列关于房屋租赁的表述中，不正确的是（　　）。

A. 原承租人取得原出租人的书面同意后，可将承租的房屋再出租

B. 已抵押的房屋不得出租

C. 共有房屋出租应得到共有人的同意

D. 房屋租赁须签订房屋租赁合同并登记备案

18. 下列关于二手房买卖的表述中，正确的是（　　）。

A. 职工已购公有住房上市出售的，要征得参加房改购房时的同住人的同意

B. 集体所有土地上的居住房屋可以出售给城市居民

C. 买卖已出租住房的，出卖人应当在出售前一个月通知承租人

D. 二手房买卖合同生效后，买卖双方应办理房屋维修基金户名变更手续

19. 二手房代理业务开拓的关键是（　　）。

A. 市场研究　　　　B. 争取客户　　　　C. 洽谈业务　　　　D. 品牌经营

20. "在销售现场接待购房者看房，签订商品房买卖合同"属于新建商品房销售代理业务流程中（　　）阶段的工作。

A. 项目执行企划　　　　　　　　B. 销售准备

C. 销售执行　　　　　　　　　　D. 项目的研究与拓展

21. 下列关于二手房买卖房地产居间合同的表述中，正确的是（　　）。

A. 房地产居间合同是以促成房地产经纪机构与买卖当事人达成关于二手房交易为目的的委托合同

B. 房地产居间合同是以促成房地产经纪机构与买卖当事人达成关于二手房交易为目的的劳务合同

C. 房地产经纪机构与买卖当事人各自签订居间合同的时间必须一致

D. 房地产居间合同可以协商自行拟定

22. 下列关于二手房代理业务交易环节的表述中，不正确的是（　　）。

A. 房地产交易合同签订之前，房地产经纪机构要代理委托人收取定金

B. 房地产经纪机构可以保管收取的房款

C. 房地产交易合同中要明确约定房款支付时间

D. 房地产交易合同应约定房地产交验时间

23. 下列不属于房地产指示居间行为的是（　　）。

A. 为委托人提供有关委托房地产所属市场的交易数量的信息

B. 告知委托人委托房地产所属市场的交易行情

C. 向委托人介绍委托房地产所属类别的交易方式

D. 为委托人提供订约媒介服务

24. 向已经成交的房地产经纪客户了解是否有新的需求意向，并提供针对性的服务，属

于售后服务中的（　　）。

A. 延伸服务　　　　　　　　　　　B. 跟踪服务

C. 增值服务　　　　　　　　　　　D. 改进服务

25. 在《商品房销售代理合同》中，商品房销售委托方要求销售代理方须完成销售的代理房屋最低平均单价是（　　）。

A. 单套底价　　　　　　　　　　　B. 平均底价

C. 合同底价　　　　　　　　　　　D. 代理销售底价

26. 下列不属于房地产权属转移证明文件的是（　　）。

A. 预售合同　　　　　　　　　　　B. 房屋赠与书

c. 房屋产权纠纷法院裁决书　　　　D. 房地产产权证

27. 建设部《城市房屋权属登记管理办法》规定，因房屋买卖、交换等原因致使其权属发生转移的，当事人应当自事实发生之日起（　　）日内申请转移登记。

A. 10　　　　　　B. 15　　　　　　C. 30　　　　　　D. 60

28. 房地产登记机关有权强制注销房屋权属证书，下列不属于强制注销情形的是（　　）。

A. 申报不实

B. 涂改房地产权利证书

C. 土地使用权年限届满

D. 因登记机关的工作人员失误造成房屋权属登记不实

29. 下列关于拍卖标的物交付时间的表述中，正确的是（　　）。

A. 买受人竞得拍卖标的物后，拍卖人即可交付拍卖标的物

B. 买受人支付全部拍卖标的物价款后，拍卖人即可交付拍卖标的物

C. 在规定的时间内买受人支付全部拍卖标的物价款及拍卖手续费后，拍卖人方可交付拍卖标的物

D. 拍卖人交付拍卖标的物应根据委托人的指令执行

30. "认真做好客户登记并确保资料的准确性"是（　　）的主要工作。

A. 连锁店经理　　　　　　　　　　B. 销售副总经理

C. 销售员　　　　　　　　　　　　D. 销售总经理

31. 房地产拍卖要遵循的最基本原则是（　　）。

A. 讨价还价　　　　　　　　　　　B. 公开竞价

c. 价高者得　　　　　　　　　　　D. 公平竞争

32. 下列关于房地产经纪信息的表述中，正确的是（　　）。

A. 房地产经纪的所有信息都可以共享

B. 房地产经纪信息具有负外部性

C. 房地产经纪信息可以增加社会经济效益

D. 房地产经纪信息的价值是不能累积的

33. 房地产经纪信息的筛选就是对已鉴别的房地产经纪信息进行挑选。根据当前需要挑选信息时，应主要考虑（　　）。

A. 信息的深度　　　　　　　　　　B. 信息的广度

C. 信息的密度　　　　　　　　　　D. 信息的限度

34. 一条房地产经纪信息对具有不同的价值观或不同的认识层次的人会有不同的价值含义，这体现了房地产经纪信息的（　　）。

   A. 积累性 　　　　 B. 增值性 　　　　 C. 多维性 　　　　 D. 时效性

35. 下列属于房地产经纪信息内容要素的是（　　）。

   A. 房地产平面媒体广告上的图画和文字

   B. 房地产网站上的房地产广告网页

   C. 报纸上登载的新楼盘地理位置等信息

   D. 专门播放房地产项目的电视频道

36. 诚信原则既要通过法律予以保证，又要通过（　　）为整个社会所认同。

   A. 道德教育 　　　 B. 社会宣传 　　　 C. 行政管理 　　　　 D. 公益活动

37. 房地产经纪机构和房地产经纪人员违约要承担法律责任。下列不属于房地产经纪执业免责事由的是（　　）。

   A. 不可抗力 　　　　　　　　　　　　 B. 经纪机构有过失

   C. 约定免责事由 　　　　　　　　　　 D. 委托人有过失

38. 房地产经纪诚信管理的关键是（　　）。

   A. 培育房地产经纪行业组织

   B. 提高房地产经纪企业的诚信度

   C. 加强房地产经纪企业自身的信用管理

   D. 确立房地产经纪服务诚信管理机构

39. 在履行房地产经纪合同过程中，当事人之间对房地产经纪合同履行有争议的，宜采取的处理方式不包括（　　）。

   A. 双方当事人协商解决 　　　　　　　 B. 向有关政府管理部门投诉

   C. 向信访部门投诉 　　　　　　　　　 D. 向人民法院提起诉讼

40. 甲房地产经纪机构在自制的房地产经纪合同文本中，把"客户与业主见面"的业务服务标准作为收取佣金的依据。该机构的这种行为属于（　　）。

   A. 不当承诺 　　　 B. 不当代理 　　　 C. 业务操作不规范 　 D. 不当收取佣金

41. 下列关于房地产经纪企业风险管理的表述中，不正确的是（　　）。

   A. 企业的风险管理应遵循公司既定的经营战略

   B. 房地产经纪企业的风险管理以转嫁风险为主

   C. 企业要建立内部监督机构对企业高风险区域经常进行检查

   D. 企业的风险管理必须贯穿并渗透于企业控制的全过程

42. 房地产经纪企业是否开设店铺主要是根据企业（　　）决定的。

   A. 自身经济实力 　　　　　　　　　　 B. 所面临的市场环境

   C. 所面向的客户类型 　　　　　　　　 D. 发展前景

43. 下列关于品牌与商标的表述中，不正确的是（　　）。

   A. 商标注册后就成了品牌

   B. 商标是品牌的标志和名称部分，便于消费者识别

   C. 商标是一种法律概念，品牌是市场概念

   D. 商标掌握在企业手中，品牌掌握在消费者手中

44. 房地产经纪机构因国家颁布实施新的政策所引起的风险属于（   ）。

A. 总体风险   B. 经营风险   C. 决策风险   D. 财务风险

45. 甲房地产经纪机构的经营战略重点是专门为应届大学毕业生提供租房代理服务，此经营战略是（   ）。

A. 低成本战略   B. 聚焦战略   C. 多样化战略   D. 一体化战略

46. 客户分析是客户关系管理的重要功能之一，客户分析系统不包括（   ）。

A. 客户联系时机优化分析   B. 市场活动影响分析

C. 客户分类分析   D. 客户服务分析

47. 把房地产经纪人员分为经纪人和销售员的国家或地区是（   ）。

A. 中国大陆   B. 中国香港   C. 中国台湾   D. 美国

48. 房地产经纪人在房地产经纪合同缔约前未充分履行告知责任，并对属于自身义务的合同条款故意"缩水"，从而引发的纠纷属于（   ）造成的纠纷。

A. 合同不规范   B. 服务不到位   C. 缔约过失   D. 服务标准差异

49. 为了提高房地产经纪行业的服务质量，中国台湾地区建立的各种服务制度中不包括（   ）。

A. 交易安全保障制度   B. 交屋履约制度

C. 电脑出价制度   D. 佣金浮动费率制度

50. 由政府行政主管部门承担房地产经纪行业管理的绝大部分职能，而房地产经纪行业组织管理职能相对薄弱，这种房地产经纪行业的管理模式被称为（   ）。

A. 行业自治模式   B. 行政与行业自律并行管理模式

C. 行政管理模式   D. 双重主体管理模式

二、多项选择题（共30题，每题2分。每题的备选答案中有两个或两个以上符合题意，请在答题卡上涂黑其相应的编号。错选不得分；少选且选择正确的，每个选项得0.5分）

51. 下列属于经纪活动特点的有（   ）。

A. 活动内容的服务性   B. 活动对象的固定性

C. 活动范围的广泛性   D. 活动主体的专业性

E. 活动目的的前瞻性

52. 《中华人民共和国城市房地产管理法》中所指的房地产中介服务包括（   ）。

A. 房地产经纪   B. 房地产咨询   C. 物业管理

D. 房地产投资开发   E. 房地产估价

53. 房地产经纪人员守法经营涉及的领域有（   ）。

A. 为委托人办理房地产产权交易   B. 赚取买卖差价

C. 签订经纪合同   D. 收取佣金

E. 分析市场前景

54. 下列关于房地产经纪人员权利的表述中，属于房地产经纪人和房地产经纪人协理同时享有的权利的有（   ）。

A. 依法发起并设立房地产经纪机构

B. 处理经纪有关事务并获得合理的报酬

C. 有权加入房地产经纪机构

D. 充分保障委托人权益

E. 经所在的经纪机构授权订立房地产经纪合同等重要文件

55. 佣金是经纪收入的基本来源，佣的形式有（　　）。

A. 信息费　　　　　B. 法定佣金　　　　　C. 自由佣金

D. 回扣　　　　　　E. 红包

56. 下列关于房地产经纪机构部门设置的表述中，正确的有（　　）。

A. 在没有连锁店的经纪机构中，业务部门直接从事经纪业务

B. 可以根据房地产类型设置房地产经纪机构的业务部门

C. 交易管理部、评估部属于业务部门

D. 连锁店必须有一名以上注册房地产经纪人

E. 客户服务部门负有监察房地产经纪人提供规范服务的职责

57. 直营连锁经营通过统一的（　　）管理形成规模效益。

A. 人力资源　　　　B. 信息　　　　　　C. 标准化

D. 财务　　　　　　E. 广告宣传

58. 下列关于房地产经纪公司的表述中，正确的有（　　）。

A. 房地产经纪公司包括有限责任公司和股份有限公司两种

B. 房地产经纪有限责任公司以股东出资额对公司的债务承担责任

C. 房地产经纪股份有限公司以公司全部资产对公司的债务承担责任

D. 出资人的出资可以是国外投资

E. 成立房地产经纪公司不能以国有资产出资

59. 下列关于房地产抵押的表述中，正确的有（　　）。

A. 农村集体土地所有权可以设定抵押

B. 以行政划拨方式取得的土地使用权不能单独抵押

C. 房屋建设工程权利人在房屋建设期间不能设定抵押

D. 以出让方式取得土地使用权，该土地使用权出让金必须全部付清才能抵押

E. 以土地使用权抵押获得的贷款可以用于其他房地产开发项目

60. 下列关于二手房买卖合同生效后当事人行为的表述中，正确的有（　　）。

A. 当事人应将房地产转让情况书面告知业主管理委员会

B. 当事人应将房地产转让情况书面告知物业管理单位

C. 当事人需要办理房屋维修资金户名的变更手续

D. 当事人不需要将房屋维修基金账户内结余交割

E. 当事人需要将住房内原户口迁移

61. 预购商品房设定期权抵押应符合的条件有（　　）。

A. 抵押所担保的主债权仅限于购买该商品房的贷款

B. 不得设定最高额抵押

C. 符合国家关于商品房预售管理的规定

D. 贷款清偿完毕应办理抵押注销登记

E. 签订资金监管协议

62. 下列关于在建工程抵押的表述中，正确的有（　　　）。

A. 抵押人只要取得土地使用权证就可以进行在建工程抵押

B. 在建工程抵押需要明确工程的施工进度和竣工交付日期

C. 在建工程抵押需要签订资金监管协议

D. 在建工程抵押，该建设工程范围内的商品房可以预售

E. 建设工程抵押所担保的债权不得超出该建设工程总承包合同约定的建设工程造价

63. 对于二手房经纪业务，房地产经纪人要对接受居间委托的房地产进行查验，查验的主要内容有（　　　）。

A. 该房地产相邻的房地产类型和周围环境

B. 该房地产的上一次交易情况

C. 该房地产的出租情况

D. 该房地产的抵押、查封情况

E. 该房地产的成新、朝向、楼层、结构等情况

64. 下列关于房地产代理合同主要条款内容的表述中，正确的有（　　　）。

A. 房地产代理服务事项是代理合同的明示条款

B. 无民事行为能力的房地产权利人经其法定监护人或法定代理人代理才能与房地产经纪机构签订房地产代理合同

C. 当事人需要在合同中明确合同的履行地点和履行方式

D. 酬金的标准是合同的主要条款，但不是合同的明示条款

E. 合同中没有约定违约责任的，违约方可以不承担违约责任

65. 下列关于新建商品房经纪业务与二手房经纪业务的表述中，正确的有（　　　）。

A. 从我国目前情况来看，新建商品房经纪业务基本采用代理方式；二手房经纪业务以居间方式为主

B. 房地产经纪机构承接新建商品房经纪业务需要更高的专业化水平；二手房经纪业务需要提供差异化服务

C. 开展新建商品房经纪业务，业务总成本中的变动成本较高；开展二手房经纪业务，业务总成本中的固定成本较高

D. 新建商品房经纪业务的佣金结算相对较简单；二手房经纪业务的佣金结算相对较复杂

E. 新建商品房经纪业务以机构客户为主；二手房经纪业务单纯面向个体客户

66. 房地产经纪机构受理了房地产经纪业务后，需要收集的信息包括（　　　）。

A. 房地产标的物信息　　　　　　　　B. 与标的房地产相关的市场信息

C. 委托方信息　　　　　　　　　　　D. 政府机构信息

E. 非类似房产的成交记录

67. 下列关于房屋所有权的表述中，正确的有（　　　）。

A. 房屋所有权是一种绝对权

B. 房屋所有权具有排他性，因此房屋的所有权人只能有一个

C. 房屋所有权的取得分为原始取得和继受取得两种

D. 房屋所有权人被宣告失踪时，法律规定的财产代管人可以处分其房产

E. 房屋区分所有权可分为所有权人专有部分和共有部分

68. 房地产经纪人员在协助购房者制定合理的个人住房贷款方案时，一般要考虑的因素有（　　　）。

A. 购房者的实际经济承受能力

B. 利率变动导致月还款额在家庭总收入中的比例变动情况

C. 公积金贷款手续办理的难度

D. 贷款期限

E. 通货膨胀率

69. 下列关于房地产价格咨询的表述中，不正确的有（　　　）。

A. 房地产价格咨询旨在提供一种价格参考，因此须借助房地产估价师来完成

B. 房地产经纪人员从事房地产价格咨询时，只是价格判断，不需要借助房地产估价的基本理论和方法

C. 房地产经纪人员从事房地产价格咨询提供的评估价格不具有鉴证性

D. 房地产经纪人员给委托方的估价结果可以是一个确切值，也可以是一个价格区间

E. 房地产经纪人员可以站在委托人的立场上进行房地产价格估算，在合法的原则下，满足委托人利益最大化目标

70. 甲房地产经纪机构准备拓展中低档二手房经纪业务，该机构应该在（　　　）媒体上投放广告，才能达到既实现拓展业务又节省资金的目的。

A. 电视台经济评论节目　　　　　　B. 当地晚报房地产专栏

C. 时尚杂志　　　　　　　　　　　D. 学术专刊

E. 门户网站

71. 房地产经纪机构通过分析客户信息，可以实现的目标有（　　　）。

A. 了解客户偏好，更好地为客户服务

B. 指导机构查找房源信息

C. 指导机构把握市场方向

D. 指导机构找到合适的房地产经纪人才

E. 指导机构调整组织结构

72. 马某于 2006 年 8 月委托甲房地产经纪机构出售其房产，双方签订了委托代理合同。此后马某在合同期内私自将房产出售给关某，该行为属于（　　　）。

A. 履行不当　　　　B. 履行不能　　　　C. 履行拒绝

D. 履行迟延　　　　E. 预期违约

73. 赵某承租了汪某的一处住房，在租赁期间，赵某私自改变了房屋墙体结构的行为属于（　　　）。

A. 违约行为　　　　　　　　　　　B. 侵权行为

C. 免责行为　　　　　　　　　　　D. 过失行为

E. 禁止行为

74. 房地产经纪人在房地产经纪活动中应遵循的原则有（　　　）。

A. 自愿原则　　　　　　　　　　　B. 平等原则

C. 诚实信用原则　　　　　　　　　D. 利润最大化原则

E. 协商原则

75. 下列关于房地产经纪行业存在诚信问题主要原因的表述中，正确的有（　　）。

A. 房地产经纪服务的无形性导致对服务质量缺乏判断标准

B. 房地产经纪当事人之间存在信息不对称

C. 房地产经纪活动的专业性

D. 房地产经纪机构与客户关系的"弱连续性"

E. 房地产经纪行业缺乏品牌

76. 房地产经纪业务流程改造的原则是越简单越好，其措施主要有（　　）。

A. 将业务分解成多个简单工序

B. 将几个工序合并，由一个人完成

C. 采取流程多层审批制度

D. 将完成几道工序的人员组成小组或团队共同工作，构造新流程

E. 将与房屋有关的各种协议、合同、确认书等合并到合同签订流程进行统一管理

77. 房地产经纪企业在选择经营模式时，应考虑的主要因素有（　　）。

A. 是否有店铺　　　　　　　　　　B. 企业规模

C. 市场风险　　　　　　　　　　　D. 竞争者的实力

E. 规模化经营的方式

78. 下列属于中国内地现行房地产经纪行业管理的主要内容有（　　）。

A. 房地产经纪行业年检与验证管理

B. 房地产经纪纠纷规避及投诉受理

C. 房地产经纪收费管理

D. 房地产经纪行业信用管理

E. 房地产经纪行业风险管理

79. 目前中国房地产经纪行业管理部门规避房地产经纪纠纷的手段有（　　）。

A. 制定示范合同文本

B. 制定服务标准，明确服务要求和内容

C. 加强对房地产经纪合同的监督管理

D. 告知必要的经纪活动事项，利于委托人监督

E. 对已出现的纠纷进行调解处理

80. 规避房地产经纪人员职业风险的措施主要有（　　）。

A. 设立房地产经纪行业赔偿基金

B. 建立强制性过失保险制度

C. 建立房地产经纪人职业培训制度

D. 建立房地产经纪机构准入和退出制度

E. 建立房地产交易资金监管制度

三、综合分析题（共20小题，每小题2分。每小题的备选答案中有一个或一个以上符合题意，请在答题卡上涂黑其相应的编号。错选不得分；少选且选择正确的，每个选项得0.5分。）

（一）

叶某是甲房地产经纪公司（以下简称甲公司）新聘用的房地产经纪人，叶某获得的报酬是每月500元底薪，另加业务收入提成。客户李某委托甲公司为其出售一间办公用房，甲公司指定叶某办理该业务。叶某在核实该房屋产权时，发现该房屋属于李某和王某共有，询问李某此情况时，李某称王某完全同意出售该房屋，并出示了王某的私章和身份证，称王某因公差去了另外一个城市，长时间不能回来。叶某为表现自己的工作能力并提升业绩，迅速完成了交易配对，将该房屋出售给了乙公司。王某知道后表示不同意出售该房屋，并为此与甲公司发生争执。

81. 下列关于李某与乙公司订立的办公用房买卖合同的表述中，正确的为（　　）。

A. 有效　　　　　　　　　　　B. 无效

C. 双方当事人对该房屋买卖合同可以自行主张撤销

D. 双方当事人对该房屋买卖合同不可自行主张撤销

82. 叶某在房地产经纪企业的薪酬支付方式属于（　　）。

A. 固定薪金制　　　　　　　　B. 佣金制

C. 固定薪金和佣金混合制　　　D. 奖酬制

83. 下列关于乙公司购房的表述中，正确的为（　　）。

A. 乙公司不可能取得该房屋的产权

B. 乙公司可以取得该房屋的产权，条件是王某同意出售

C. 乙公司可以取得该房屋的产权，因为该公司属于善意受让人

D. 乙公司可以取得该房屋的产权，因为李某出示王某的私章和身份证

84. 下列关于该房地产经纪业务的表述中，不正确的为（　　）。

A. 叶某应赔偿王某的全部损失

B. 由于缺乏王某的书面同意，此代理业务不能成立

C. 叶某违反了房地产经纪人员职业道德中尽职守责的要求

D. 甲公司如果对外承担赔偿责任可以向叶某追偿

（二）

王某曾是某市一家房地产经纪公司的房地产经纪人。在长期的业务实践中，王某发现外国人的租赁经纪业务是该市房地产中介市场中的一个空白点。2000年3月，王某辞去原工作，发起设立了甲房地产经纪公司（以下简称甲公司），专门为在本市的外国人提供租赁经纪服务。

经过几年的发展，到2004年，甲公司已经成为该市的一家大型房地产经纪公司，其组织结构如下图：

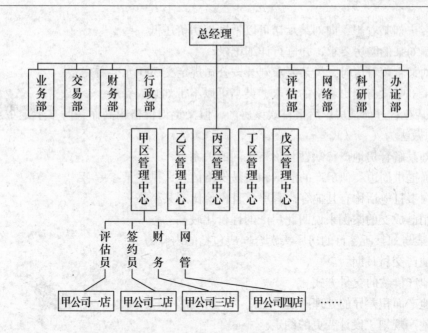

从 2005 年开始，甲公司顺应行业发展变化，内部信息系统采用了公盘制（即所有房源信息完全共享）。

85. 甲公司采用公盘制，符合房地产经纪信息的（　　）特征。

A. 时效性　　　　　B. 多维性　　　　　C. 积累性　　　　　D. 共享性

86. 甲公司在发展过程中把经营战略的重点放在（　　）。

A. 一个特定的目标市场上　　　　B. 目标细分市场客户的服务上

C. 后向一体化服务上　　　　　　D. 前向一体化服务上

87. 从图中可以看出，甲公司的组织结构形式为（　　）。

A. 直线－参谋制　　　B. 分部制　　　　C. 矩阵制　　　　　D. 网络制

88. 从图中还可以看出，甲公司的经营模式为（　　）。

A. 网上联盟经营模式　　　　　　B. 单店经营模式

C. 多店经营模式　　　　　　　　D. 连锁店经营模式

（三）

甲房地产经纪公司（以下简称甲公司）是一家知名的房地产经纪机构，吴某是甲公司的房地产经纪人。业主孙某委托甲公司以孙某名义销售自己的一处房产。吴某与孙某进行洽谈，最终甲公司同意为孙某销售其房产。随后，甲公司在一家报纸上刊登了有关孙某房产信息的广告。不久，刘某来到了甲公司要求购买孙某的房产，吴某接待了他。经过谈判，刘某和孙某在三天后签订了房屋买卖合同。

89. 下列关于甲公司销售孙某房产业务的表述中，正确的为（　　）。

A. 甲公司是孙某房产的所有人

B. 此项经纪业务为房地产代理

C. 此项经纪业务为房地产居间

D. 此项经纪业务为房地产广告

90. 吴某在接待刘某时，正确的做法为（　　）。

A. 为客户刘某着想，向刘某承诺可以帮助把房价压低一些

B. 了解刘某的购房要求，并进行详细记录

C. 在刘某希望看房时，吴某要求刘某按公司规定交 500 元"看房费"

D. 如果刘某没有提出看房的要求，吴某可以不带刘某去看房

91. 刘某在看过孙某房产后很喜欢该房产，但又觉得价格稍高而一时拿不定主意。此时吴某正确的做法为（　　）。

A. 向刘某解释房地产稀缺性与价格之间的关系

B. 准确提供周边类似房产的质量和交易价格信息，供刘某参考

C. 叫同事打电话称有其他客户看房，且出价比刘某稍高

D. 利用已成交的案例来说明此房产的性价比较高

92. 孙某与刘某所签订的房屋买卖合同应包括的内容为（　　）。

A. 房地产交付日期

B. 房地产价款的支付方式

C. 房地产面积差异的处理办法

D. 房地产规划、设计变更的约定

（四）

田某是甲房地产经纪公司（以下简称甲公司）的一名房地产经纪人。在一段时间内，甲公司业务繁忙，急需人手接待业务。田某利用自己的亲戚关系，介绍无房地产经纪职业资格的下岗职工甘某到甲公司工作。甘某得到甲公司聘用后，田某经常将自己的房地产经纪人执业资格证书借给甘某承揽业务。在为业主金某出售二手房的代理业务中，田某和甘某串通，由甘某假扮买主，以低于市场价 5 万元的价格买走了金某的房屋，后又出售给他人，田某和甘某共同获得收益。

93. 在田某和甘某的行为中，属于房地产经纪活动中禁止行为的为（　　）。

A. 通过隐瞒房地产交易价格等方式获取佣金以外的收益

B. 为甲公司介绍下岗职工

C. 胁迫委托人交易

D. 出借房地产经纪人员职业资格证书

94. 甲公司聘用甘某从事房地产经纪业务，房地产行政主管部门可以对其作出的行政处罚包括（　　）。

A. 给予警告　　　　　　　　　　　B. 责令改正

C. 处 1 万元以下罚款　　　　　　　D. 处 3 万元以下罚款

95. 对于田某的行为，可以通过房地产经纪行业管理基本框架中的（　　）来逐渐解决和规避。

A. 专业性管理　　　　　　　　　　B. 风险性管理

C. 规范性管理　　　　　　　　　　D. 公平性管理

（五）

甲房地产经纪公司（以下简称甲公司）从事新建商品房代理销售业务，2004 年 10 月，该公司承接了乙房地产开发公司（以下简称乙公司）的一个楼盘的预售业务。2005 年 6 月，王某购买了其中的一套住宅，该住宅合同建筑面积为 150m²，单价 8000 元／m²。但在按照

《商品房买卖合同示范文本》（建住房［2000］200号文）签订合同时，由于甲公司的房地产经纪人丁某的操作失误，致使王某多支付房款7万元。王某事后发现了这一错误，拿回了多支付的房款并获得了相应的赔偿。2006年5月，该楼盘交房，王某所购住宅的实测建筑面积为145m²。

96. 丁某在销售商品房过程中，因计算错误给王某造成了损失，下列表述中正确的为（　　）。

A. 王某直接向丁某追究责任

B. 王某直接向乙公司追究责任

C. 王某直接向甲公司追究责任，并由乙公司进行赔偿

D. 王某同时向甲公司和丁某追究责任

97. 甲公司与乙公司之间需要签订房地产经纪合同，如果因乙公司失误给丁某造成损失，下列表述中正确的为（　　）。

A. 丁某向乙公司追究责任

B. 甲公司向乙公司追究责任

C. 甲公司应协助丁某向乙公司追究责任

D. 乙公司直接赔偿丁某损失

98. 按照房地产买卖的基本流程，在王某与乙公司签订《商品房买卖合同》以后，接下来的一个步骤是（　　）。

A. 与乙公司签订房屋交接书

B. 乙公司办理初始登记

C. 办理合同文本登记备案

D. 办理交易过户、登记领证手续

99. 当该楼盘交房时，王某购买的房产的实测面积与合同约定面积有差异，下列表述中正确的为（　　）。

A. 王某有权退房

B. 王某无权退房

C. 王某不退房时，所购房产的产权登记面积应为150m²

D. 王某退房时，乙公司只需将王某原来交纳的房款退还即可

100. 关于甲公司为乙公司所承担的代理业务，下列表述中正确的为（　　）。

A. 甲公司同乙公司进行项目结算是该业务流程的最后一个步骤

B. 乙公司和甲公司的佣金结算必须在销售结束后才能进行

C. 商品房交验工作属于该业务流程的"销售执行"阶段

D. 乙公司将佣金按照合同约定交给甲公司是佣金结算的全部内容

2007

全国房地产经纪人

执业资格考试名师辅导用书

- **房地产经纪概论考试攻略**　　　**定价：19.80元**
- 房地产基本制度与政策考试攻略　定价：35.00元
- 房地产经纪相关知识考试攻略　　定价：32.00元
- 房地产经纪实务考试攻略　　　　定价：29.80元

ISBN 978-7-5083-5460-6

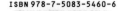

9 787508 354606 >

定价：19.80元

▶上架指导:建筑/教材教辅与考试用书/考试用书